हंस के मोती

(काव्य संग्रह)

अभय परमहंस

PG
PUBLICATION

दिल्ली-110089

संस्करण : 2020
ISBN : 978-93-899841-0-1

प्रखर गूँज पब्लिकेशन
एच-3/2, सेक्टर-18, रोहिणी, दिल्ली-110089
दूरभाष : 7982710571, 7838505899, 011-27851059

प्रथम संस्करण : 2020

शब्द संयोजन : लाल चन्द्र यादव
आवरण : दुर्गाप्रसाद

हंस के मोती (काव्य संग्रह)
By : **Abhay Paramhans**

Published by
PRAKHAR GOONJ PUBLICATION
Delhi - 110089
E-mail : prakhargoonj@gmail.com
         sinha.neelu123@gmail.com
011-27851059, 7982710571, 7838505899

समर्पण

मेरी यह पुस्तक मेरे प्रेरणास्रोत, मेरे स्वर्गीय पिताजी महाकवि परमहंस शुक्ल को समर्पित है, जिनकी वजह से मेरा अस्तित्व है। जिनके चलते मुझमें यह गुण विकसित हुआ और यह पुस्तक आकार ले पायी। पिताजी चूँकि आज़ादी के बाद से ही उत्तरप्रदेश के देवरिया जनपद में कवि सम्मेलनों के संयोजन और संचालन से जुड़े रहे इसलिए मैंने जब होश संभाला तो खुद को कविता और कवि सम्मेलनों के बीच पाया। यह पुस्तक मेरी माताजी स्वर्गीया शारदा देवी को भी समर्पित है जिनकी प्रारंभिक शिक्षा ने मुझे इतना सबल बनाया कि मैंने सीधे तीसरी कक्षा में प्रवेश पाया। दोनों महान विभूतियों को मेरा कोटि-कोटि प्रणाम।

अभय परमहंस
लखनऊ
मो – 9044031716

हृदय नारायण दीक्षित

पत्र संख्या:- मेरा/अ०वि०स०/20 ,दिनांक: 13/02/2020
विधान भवन, लखनऊ
फोन नं०-0522-2238161 (कार्या०)
0522-2238174 (फैक्स)
आवास-5, माल एवेन्यू, लखनऊ
फोन नं०-0522-2239402 (आवास)

:: शुभकामना संदेश ::

मुझे यह जानकर अति प्रसन्नता हुई कि दिल्ली के 'प्रखर गूंज प्रकाशन' से कवि अभय परमहंस के **"काव्य संग्रह"** का प्रकाशन किया जा रहा है।

काव्य सृजन बौद्धिक कृति ही नहीं अपितु काव्य अनुभूति का ज्ञान है। भारत में, विश्व के किसी भी देश की तुलना में अधिक काव्य सृजन हुआ है। यहां का समूचा ज्ञान, प्रज्ञान, दर्शन काव्यबद्ध है। कवि दृष्टि ने भारत को अनेक रूपों में देखा व गाया है।

मै उक्त 'काव्य संग्रह' के सफल प्रकाशन हेतु अपनी हार्दिक शुभकामनाएं प्रेषित करता हूँ।

(हृदय नारायण दीक्षित)

श्री अभयानन्द शुक्ल
समाचार सम्पादक,
राष्ट्रीय सहारा, सहारा इंडिया टावर,
7-कपूरथला, काम्पलेक्स, अलीगंज, लखनऊ-226024

संदेश

मेरे लिए ये व्यक्तिगत रूप से हर्ष का विषय है कि सहारा न्यूज़ नेटवर्क से जुड़े श्री अभयानंद शुक्ल 'अभय परमहंस' का दूसरा काव्य संग्रह 'हंस के मोती' प्रकाशित होने जा रहा है। इस काव्य संकलन में रचनाकार ने अपनी काव्य-संवेदना के जरिए लोक व्यवहार के शब्दों में नया अर्थ भरने की कोशिश की है। इनके पास अपने काव्य शिल्प के साथ-साथ सामाजिक सरोकारों को सहेजने का एक जीवंत नजरिया भी है। आम जीवन के सुख-दु:ख में शरीक होती ये कभी न सूखने वाली स्याही सिर्फ कोरे कागज पर नहीं बल्कि लोगों के मन पर लोक जीवन के अक्स उकेरती है।

श्री अभय परमहंस द्वारा रचित इस काव्य संकलन को उनके पहले काव्य संग्रह की तरह ही पाठकों का प्यार और आशीर्वाद मिलेगा, ऐसी कामना करता हूं।

काव्य संग्रह के सफल प्रकाशन हेतु मेरी शुभकामनाएं!

उपेन्द्र राय

7|2|2020

उपेन्द्र राय
मुख्य कार्यकारी अधिकारी एवं एडिटर-इन-चीफ
सहारा न्यूज़ नेटवर्क
हेड, सहारा वन एंटरटेनमेंट
हेड, सहारा मोशन पिक्चर्स

DELHI
DELHI CORPORATE OFFICE :
SAHARA INDIA COMPLEX,
C-2,C-3, C-4, SECTOR-XI,NOIDA- 201301, INDIA
PH: 0120-2444755, 2444756,
FAX : 0120-2550750
CONNAUGHT PLACE OFFICE :
SAHARA INDIA PARIWAR,705-707,
7TH FLOOR, NAURANG HOUSE,
21,K. G. MARG, CONNAUGHT PLACE,
NEW DELH I-110 001,
PH: 011 - 23352368-72

MUMBAI
MUMBAI CORPORATE OFFICE
SAHARA INDIA POINT
S.V. ROAD, GOREGAON (WEST),
MUMBAI- 400 104, INDIA
PH: 022-66981111,
NARIMAN POINT OFFICE
SAHARA INDIA PARIWAR
25-28, ATLANTA, NARIMAN POINT,
MUMBAI-400 021, INDIA
PH: 022 - 22829031,22829460,22829010

ANDHERI OFFICE:
B-12, 1ST FLOOR,
GHANISHYAM CHAMBERS,
OPPOSITE CITY MALL, NEW LINES
ROAD,
LOKHANDWALA, ANDHERI
WEST MUMBAI- 4000 053
PH: 022-39569041

मोहब्बत की तलवार वाला योद्धा

श्री अभयानंद जी से मेरा परिचय सृजन के कारण हुआ। यूपी प्रेस क्लब के नियमित और मासिक काव्य समारोह में आपका आना श्री राजेन्द्र श्रीवास्तव जी के माध्यम से हुआ।

अभयानंद जी की काव्य धर्मिता बछड़े की कुलांचों जैसा पवित्र लगती हैं इस उदाहरण पर चौंकिए मत। बछड़ा उस तरफ दौड़ पड़ता है जिस से आकर्षित और सम्मोहित होता है।

कवि हृदय भी बछड़े की तरह कुलांचे भरता रहता है। अभयानंद जी का मन कभी मोहब्बत की तरफ आकर्षित हो उसकी तर्जुमानी में लग जाता है तो कभी प्रेम की पीर के सागर में गोते खाने लगता है। मन सीमाओं में नहीं बंधता उसी तरह इनका काव्य भी किसी सीमा में नहीं बंधने पाया।

एक चौकन्ने सिंह की तरह इनकी दृष्टि समाज के हर पहलू पर है और उसे अपनी निर्बन्ध सर्जना के माध्यम से काव्य में परिवर्तित कर देते हैं।

समाज की विकृतियों, विसंगतियों और विद्रूपताओं को इश्क़, मोहब्बत और अपनेपन की तलवारों से काटने का बड़ा काम इनकी दो दो पंक्तियों में मिल जाता हैं स्वाभिमान को अपना गहना बनाने वाले इस शिल्पी को मेरी अनंत शुभकामनाएं।

स्माइलमैन सर्वेश अस्थाना

संपादक, सहित्यागंधा

फोन-9415303060

शुभकामना संदेश

मुझे ये जानकर अत्यन्त प्रसन्नता हो रही है कि श्री अभयानन्द शुक्ल जी 'अभय परमहंस' की कविताओं का नवीन संकलन प्रकाशित होने जा रहा है। इस काव्य संकलन में जहाँ एक ओर श्रृंगार रस को बहुत ही सुन्दरता से पेश किया गया है, वहीं दूसरी ओर हास्य को भी अलग अन्दाज़ में रखा गया है, कवि ने भक्ति रस के साथ ही समाज से जुड़े ज्वलन्त मुद्दों को खूबसूरती से अपनी इस पुस्तक में प्रस्तुत किया है।

श्री अभय परमहंस द्वारा रचित नवीन काव्य संकलन, पाठकों में अपना एक अलग स्थान बनाएगा, ऐसी आशा करता हूँ!

पुस्तक के सफल प्रकाशन हेतु मेरी हार्दिक बधाई एवं शुभकामनाएँ!

उस्ताद युगान्तर सिन्दूर

टॉप-ग्रेड आर्टिस्ट (ग़ज़ल गायक)

गोमती नगर,

लखनऊ –226010

(M) 9415023751, 7905533980

(P) 0522-2394141

Email : sindoorgupta@gmail.com

अपनी बात

जीवन के इस चौथेपन में, आया युवा सोच का अंश।
मैंने कुछ भी नहीं किया, बस जागा पिताश्री का वंश।
बचपन में जो भरा कूटकर, पचपन में है बाहर आया।
मैं तो सिर्फ अभय हूँ मित्रों, परमहंस का हूँ अपभ्रंस।।

मेरा मानना है कि कोई प्रयास करके कवि नहीं बन सकता, यह ईश्वर प्रदत्त होता है। मैं भी कब कवि बन गया, मुझे पता ही नहीं चला, हांलाकि इसके बीज बचपन में ही पड़ गए थे परन्तु वह बीज अभी पिछले वर्ष से ही पुष्पित और पल्लवित होने लगे हैं। निश्चित ही यह मेरे पिताजी का आशीर्वाद है, चूँकि मैं उन्हीं की काव्य परंपरा को बढ़ा रहा हूँ इसीलिए मैंने अपने नाम के साथ उनके नाम का परमहंस आशीर्वाद स्वरुप जोड़ लिया है।

मेरे स्वर्गीय पिताजी महाकवि परमहंस शुक्ल एक शिक्षक, पत्रकार होने के साथ-साथ देवरिया (उत्तर प्रदेश) में आज़ादी के बाद से ही जिले के कवि सम्मेलनों के संयोजन और संचालन से जुड़े रहे। इस वजह से मेरे घर में देश के बड़े-बड़े कवियों-शायरों का आना रहा। बचपन से ही रात-रात भर जागकर कवि सम्मेलनों को सुनना मेरी आदत में शुमार था। मेरे घर आने वाले प्रमुख कवियों में मोती बीए, काका हाथरसी, डॉ. शम्भुनाथ सिंह, गोपालदास नीरज, सोम ठाकुर, श्रीपाल सिंह क्षेम, अशोक चक्रधर, सूढ़ फ़ैज़ाबादी, डॉ. बुद्धिनाथ मिश्रा, विकल साकेती, श्यामनारायण पांडेय, रमई काका, स्नेहलता स्नेह, माधव मधुकर गिरिधर करुण आदि न जाने कितने नाम हैं, जो मुझे अभी याद नहीं आ रहे हैं। मेरे पिताजी के अनन्य सहयोगी कवि संतशरण करुणेश भी रहे, जिन्हें हम लोग हनुमान कहा करते थे और मेरे पिताजी को राम कहा करते थे। वे एक तरह से हमारे परिवार

का हिस्सा थे, इनमें से अधिकतर ने मुझे गोद में खिलाया है। मुझे आज भी याद है कि काका हाथरसी ने अपनी रचना काकदूत देते समय उस पर लिखा था- काकदूत को देखिए प्रियवर अभयानंद, स्वस्थ सुखी संपन्न हों काटें प्रभु भव फंद।

प्रखर गूँज प्रकाशन से ही मेरा एक साझा काव्य संग्रह 'गाता जाए मेरा दिल' प्रकाशित हो चुका है। उसे आप सभी का भरपूर प्यार मिला। अब एकल काव्य संग्रह आपकी अदालत में है। उम्मीद है इसे भी आपका ढेर सारा प्यार मिलेगा।

प्रणाम-

आपका ही

अभय परमहंस

लखनऊ

मोबाइल : 9044031716

हंस के मोती

अनुक्रमांक

मुक्तक

जीवन के इस चौथेपन में आया युवा सोच का अंश,

मैंने कुछ भी नहीं किया बस जागा पिताश्री का वंश।

बचपन में जो भरा कूट कर पचपन में है बाहर आया,

मैं तो सिर्फ अभय हूँ मित्रों परमहंस का हूँ अपभ्रंस।।

****

सीने में विष भरके मीठा बोलना भी कला है,

ऐसे ही लोगों ने नज़दीकी रिश्तों को छला है।

आसानी से इनकी पहचान मुश्किल है यारों,

हँसके आपको जिन्दा मार दें ये वो बला हैं।।

****

झूठ पर झूठ बोल के सच बना देना रवायत है,

हम मान लें वे संतुष्ट हों ये उनकी इनायत है।

झूठों के शहर में रहना मुश्किल है शराफत से,

अगर बोलोगे कुछ भी तो वे, तोड़ देंगे ये आदत है।।

****

मुझे खज़ाना क्या करना जब माँ है मेरे पास,

उसके चरणों में बसते हैं धरती और आकाश।

मैया का जब हो आशीष दुःख ना फटके पास,

काल भी आकर वापस लौटे अटल मेरा विश्वास।।

हम से मैं हो रहे हैं हम,

शर्म छोड़ बेशर्म हो रहे हैं हम।

अपनों की प्रगति से भी जलते हैं,

इसीलिए तो भीड़ में अकेले हैं हम।।

****

कुछ लोग लगे हैं मेरी हस्ती मिटाने में,

कमजर्फ लोगों की गवाही जुटाने में।

पैरों तले जमीन तो उनकी खिसक रही,

और वे लगे है सूरज ज़मीं पर गिराने में।।

****

सिर्फ लड़ना रोका है अभी हारा नहीं हूँ मैं,

ताक़त समेट रहा हूँ, अभी टूटा नहीं हूँ मैं।

अभी तो बहुत हिम्मत बाकी है, मेरे दुश्मन,

तुम्हें छोड़ूंगा, सोचना भी मत, भूला नहीं हूँ मैं।।

****

नज़रें बदलीं तो नज़ारा बदल गया,

नदी वही थी किनारा बदल गया।

देख अभय इस मयखाने का रिवाज़,

साक़ी बदला तो पैमाना बदल गया।।

गिरगिट भी झूठे हुए मानुष उसका बाप,
वक्त बदलते ही करें चम्पी राग अलाप।
बुरे वक्त में छोड़ दिया पूछा कभी न हाल,
वक्त जो आया कह रहे आप ही माई-बाप।।

****

समय-समय की बात है समय होत बलवान,
ज़ख़्मी शेर को लेते घेर गीदड़ हो या श्वान।
गीदड़ हो या श्वान शेर पर पड़ जाते हैं भारी,
ज़ख्म भरे जब शेर का तब भागे बचा के प्राण।।

****

तुमने प्रभु से क्या पाया ये मेरा दुखदर्द नहीं,
मेरा भी तुम मत छूना ये तेरा सिरदर्द नहीं।
तेरी दौलत तुम्हें मुबारक रखो अपने पास,
मुझको तुम जो छेड़ोगे तो मैं भी नामर्द नहीं।

****

नदी है त्याग की गाथा समंदर नाम खोने का,
एक से प्यास बुझती है एक से आस जाती है।
नदी अस्तित्व खोकर के समंदर को बनाती है,
समंदर से मिले दरिया तो रवानी टूट जाती है।।

बच्चे चले गए हैं बाहर बदल गए हैं सारे मंज़र,
पीढ़ी सारी बूढ़ी बच गयी टूटी हुई है अंदर-अंदर।
गाँव की गलियां पक्की हुई पर रिश्ते सारे कच्चे,
बूढ़ा-बूढ़ी दिन हैं गिनते अब बैठे अपने पिंज़र।।

****

दुनिया का दस्तूर यही है उनका कोई कसूर नहीं है,
हमने ही है राह दिखाई चलते तो कोई दोष नहीं हैं।
हम जो चाहें निज पुत्रों से वैसा करके दिखाना होगा,
जो बोया है वह काटेंगे संतति का कोई दोष नहीं है।।

****

जीवन भर जिए हम संतान के लिए,
अब संतान जी रही है संतान के लिए।
माँ-बाप को ही भूले तो क्या करें शिकायत,
हमने बनायी राह जब संतान के लिए।।

****

पीठ पीछे करे बड़ाई, वो सच्चा हमदर्द,
जीवन में उससे ही बांटो अपने सारे दर्द।
तेरे पीछे करे शिकायत पक्का वो नामर्द,
मिलें जो ऐसे लोग कभी हो जाओ बेदर्द।।

जो भी जब भी होना है सब कुछ तय है भाई,
सारा नियति का खेल है अपने वश कुछ नाहि।
ईश्वर की शतरंज के हम सब मोहरा मात्र,
वो चाहे तो राज़ थमा दे या फिर रंक बनाई।।

****

तेरी हया का क्या कहना ये तो तेरा है गहना,
चाहे किसी की बीवी या हो किसी की बहना।
दोनों सूरत में ही तेरी हिम्मत का बहता झरना,
अपना धर्म निभाती है कुछ भी पड़ता हो सहना।।

****

सम्मान उसी का करो जो उसके लायक हो,
अपमान किसी का न करो भले नालायक हो।
कुछ काम ऊपर वाले पर भी छोड़ दिया करो,
क्या पता नालायक भी कभी जीवनदायक हो।।

****

जिंदगी तो अँधेरे और उजाले का खेल है,
इसमें कोई पास तो कोई हो गया फेल है।
किसी के अच्छे कर्मों ने उजाले हैं बख्शे,
जो रहा अँधेरे का हामी उसे मिली जेल है।।

दर्द आँखों के रस्ते निकल जाने दो,
पीर जितनी भी है उसको गल जाने दो।
दर्द बाहर न आया तो मौत आएगी,
वार दुश्मन का तुम ये फिसल जाने दो।।

****

जिसका समय ठीक है भैया करता है वो ता-ता थैया,
समय न जिसके साथ रहे हरदम करे वो दादा-मैया।
स्वारथ के सब रिश्ते-नाते कोई न पूछे बिना मलैया,
देने की गर ताक़त है तो थोक-भाव में मिले गवैया।।

****

जो समय पर काम आए उसे दोस्त कहते हैं,
जो कभी काम न आए उसे मदमस्त कहते हैं।
जिसे एहसान लेकर भूल जाने की आदत हो,
उसे ही एहसान फरामोश जबरदस्त कहते हैं।।

****

जीवन है अनमोल इसे तुम चलने दो,
खुशियों का है जाम और भी भरने दो।
दर्द व दुश्मन भी आएँगे इसके आड़े,
इनसे डरकर कदमों को ना रुकने दो।।

सिर्फ बड़ा होना ही बड़प्पन की निशानी नहीं,
सागर में अथाह जल पर पीने को पानी नहीं।
सारी नदियां समां जाती हैं समंदर में मगर,
जो नदियों में है सागर में वो रवानी नहीं।।

****

दिखा दिया सेना ने दम निकाल उसका दम,
पाकिस्तान की सत्ता-सेना हो गए अब बेदम।
मसूद भागा बिल में मियां की हेकड़ी ख़त्म,
आस्तीन के साँपों के बोल हो गए काफी कम।।

****

भारत माँ के वीर सपूत परचम लहराते विजय का,
दुश्मन को वे स्वाद चखाते बारम्बार पराजय का।
अरिदल के हैं काल वे भैया और वतन के रखवाले,
देश की खातिर जान गंवाते उनको नमन अभय का।।

****

भारत माँ कराह रही है ढोकर गद्दारों का बोझ,
अपने काले कर्मों से वे रुला रहे माता को रोज।।
झूठी अफवाहें फैलाकर दंगे और फसाद कराएं,
नफरत फैलाकर वे करते एका......जमींदोज।।
भोली-भाली जनता समझ न पाए उनका खेल,
और देशहित की कीमत पर वे उड़ा रहे हैं मौज़।।

मुक्तक

जो आँखों के रस्ते दिल में उतर जाए, उसे हम प्यार कहते हैं,

कोई बात जब दिल को हिम्मत-सुकून बख्शे, ऐतबार कहते हैं।

आँखें आँखों से मिले बिन बोले बतियाये, नशा भी चढ़ता जाए,

इस बात को ही तब इज़हारे इश्क़ और इक़रार कहते हैं।।

****

तू मेरे इश्क़ को इक अच्छी कहानी दे दे,

मैं गुज़र, जाऊँगा, तू इसको रवानी दे दे।

मैं तेरे प्यार में, मर जाऊँगा मालूम मुझे,

पर अभी जिंदा हूँ, तू एक निशानी दे दे।।

****

तसव्वुर में जो आऊँगा, न खुद को रोक पाओगे,

मेरी जब याद आएगी तो तुम आँसू बहाओगे।

चाहत की नदी हो तुम सनम, कुछ कर न पाओगे,

समंदर हूँ मोहब्बत का समां, उसमें ही जाओगे।।

****

जबसे तुम्हें देखा है मैंने,

बस तू ही तू मेरे दिल में दिखती है।

तू ही बता मेरे दिल में कौन सी बसती है,

कि तू मेरे दिल में बसती है।।

तू मेरी राधा बने और मैं तेरा घनश्याम,
दोनों मिलके प्यार में कर लें अपना काम।
माना कि हम नहीं मिलेंगे विधि का यही विधान,
पर दुनिया में कर जाएंगे प्यार का ऊँचा नाम।।

****

उनसे मिलना मिलाना हुआ था मगर,
चाँदनी रात थी हिज़्ब की ओट में।
धड़कनों की कही धड़कनों ने सुनी,
लफ्ज़ फूटे मगर होंठ ही होंठ में।।

****

रिश्तों में तिज़ारत हो तो ज़लालत तय है,
मोहब्बत बाद बेरुखी हो तो तमाशा तय है।
जो सिर्फ मतलब के लिए बनाते हैं रिश्ते,
ज़माने में उनकी रुस्वाई और सांसत तय है।।

****

जरूरी ये नहीं की इश्क ये अंजाम तक पहुँचे,
जरूरी है कि दुनिया में हमारा नाम ही पहुँचे।
जिसे तुम गुनगुनाओगे बनूं मैं गीत वो सुन्दर,
जहाँ पर प्यार बसता हो वहां हरहाल ये पहुँचे।।

मुक्तक

जिस्म ही सबकुछ नहीं है प्यार देखो,

पैसा ही सबकुछ नहीं परवरदिगार देखो।

और इस दुनिया से प्यार चाहने वालो,

अपनी चाहत के भी तो जरा आसार देखो।।

****

वो समंदर ही क्या जिसमें पानी न हो,

वो जवानी ही क्या जब रवानी न हो,

मानता हूँ बहुत खूबसूरत हैं वे पर,

वो हुस्न ही क्या जो खानदानी न हो।

****

हकीकत न सही तो फिर चलो किस्सों की दुनिया में,

ज़माना तुमको और हमको हमेशा याद रखेगा।

अपने चर्चे बुलंद होंगे मोहब्बत की नजीरों में

ज़माना नाम अपना शीरी और फरहाद रखेगा।।

****

क्या करना है तुम्हें मना के रब से मेरी यारी,

उसकी मर्जी से ही उठती प्रेम की वो चिंगारी।

मांगना है तो उससे मांगू जो देता हैं सबको,

वो जब चाहे तुम बन जाओ मेरी प्रेम दुलारी।।

इन आँखों की गहराई में डूब गए हैं लोग,

हम भी जाकर डूबेंगे सोच रहे कुछ लोग।

तेरी आँखों की मस्ती की बात अनोखी है,

जो ना डूबे पछताएगा बता रहे सब लोग।।

****

तेरी गहरी आँखों में प्रेम का रस है सरसे,

टप-टप टप-टप टप-टप मीठे बोल हैं बरसे।

जबसे तुमसे मिली हैं आँखें बहके मेरा मन,

सोच रहा हूँ गले लगा लूँ काहे ये मन तरसे।।

****

तेरी मीठी बातों का ऐसा हुआ असर,

लुट गया तेरे प्यार में कोई नहीं कसर।

तेरे बिना ये जीवन सूना बसा दे मेरा घर,

नींदें भी गायब हुईं मिलता नहीं बसर।।

****

एकतरफा है प्यार अगर तो मत बनना परवाने,

पहले ये तो जान लो बाबू उसका मन क्या माने।

उसका मन क्या माने जानो फिर होना दीवाने,

नहीं तो तुमको पड़ सकते हैं जेल के दाने खाने।।

दिलवालों की बस्ती में ज़बरदस्ती मत करना,

इश्क़ यहाँ दस्तूर खुद को हस्ती मत करना।

बड़े ही नाजुक होते हैं रिश्ते सब इस दुनिया के,

मांगे कोई दिल तो दे देना मस्ती मत करना।।

****

लवर की मैंने कर दी है अपने दिल से विदाई,

अब तो अपनी बीवी को प्रेमिका लिया बनाई।

प्रेमिका लिया बनाई सुलझ गए सारे लफड़े,

जान पड़ी थी सांसत में चैन मिला अब भाई।।

****

ऐसा मैंने क्या चाहा क्यों इतना बिफर पड़े,

दिल ही तेरा माँगा था तुम इतना उबल पड़े।

इक ना इक दिन होना है प्यार तुम्हें मुझसे,

मैं तो हूँ दीवाना तेरा तुम मुझ पर बिगड़ पड़े।।

****

उफ़ तेरा बेपनाह हुस्न लग रहा चाँद का टुकड़ा है,

जैसे लगे चंदा को ग्रहण वैसे तेरे मुख पे कपड़ा है।

चाँद को खुलकर चाँदनी बिखेर लेने दो पर्दानशी,

आशिकों को पाने दो जिंदगी कैद में क्यों जकड़ा है।।

मेरी गली में क्यों आते हो उधर से जाया करो,
बार-बार क्यों मिलते हो राह बदल लिया करो।
तुम्हारी इस अदा से तरस के रह जाते हैं हम,
तरस खाओ इस कदर तो मत तड़पाया करो।।

****

तुम्हारी ओर क्या देखा कि मैं खुद को भुला बैठा,
न जाने कौन सा चुम्बक कि मैं सुध-बुध गँवा बैठा।
तेरी आँखों की मदिरा की करूँ क्या बात मैं जानम,
जो मैंने पी तेरी नज़रों से मैं खुद को ही लुटा बैठा।।

****

मोहब्बत करने तक तो ठीक है, उसके जाल में मत फंसना,
फंस ही गए तो इतना होश रहे, माँ-बाप को दुखी मत करना।
बेवफा तो आएगी चली जाएगी, तुम्हें लूटकर भी ले जाएगी,
माँ-बाप के लिए तुम ही खज़ाना, रहे कभी कंगाल मत करना।।

****

तेरे रसभरे होठ जो देखे हो गए प्यासे बे रस,
मीठे तो वे ऐसे दिक्खे ज्यों बरसे है अमरस।
तेरे शबनमी अधरों की बात निराली हमदम,
ये तो बस कुछ और नहीं लागे है अमृत रस।।

****

इश्क़ किसी से भी करो, मगर घर-बार न छोड़ो,

कभी गैर की खातिर, अपनों से नाता न तोड़ो।

अपने तो अपने होते है, हमेशा उनकी क़द्र करो,

प्यार बंदगी है करो पर, अपनों से भी रिश्ता जोड़ो।।

****

गर तुझे लगता है मेरी बात में है दम,

तो बता, तेरी आँख अब क्यों है नम।

अरे तू तो मेरे दिल का सरताज ठहरा,

आ जा, मेरे दिल में जगह नहीं है कम।।

****

मैं तेरा दाम हूँ-तुम मेरा दाम हो,

मैं तेरा नाम लूँ-तुम मेरा नाम लो।

एक-दूजे में डूबे रहें हम सनम,

मैं तेरा जाम हूँ-तुम मेरा जाम हो।।

****

अब तो पुकार भी सुनाई नहीं देती उन्हें,

जो हमें आहट से ही जान लिया करते थे।

बेसबब उनकी बेरुखी-बेवजह इलजाम,

जो दिमाग से दिल का काम लिया करते थे।।

क्षणिक सफलता पर इतना इतराते क्यों हो,

सत्ता तुम्हें मिली है तो मदमाते क्यों हो।

मान लिया कि अभी तुम्हारा वक्त चल रहा,

ये वक्त भी गुजर जाएगा गुराते क्यों हो।।

****

जनता को सपने बेचना सियासत की बात है,

और नेता झूठ बोलते हैं ये आदत की बात है।

यूँ तो उनसे कभी सच की उम्मीद ही नहीं,

पर कभी बोल भी दें तो ये किस्मत की बात है।।

****

नेता तुमने कर दिया इस देश का बँटाधार,

लोकतंत्र की मर्यादा तो लुट रही सरे बाज़ार।

पब्लिक तुम्हें जिताकर पछताए हर बार,

अब तो जन की सोचो शर्म करो कुछ यार।।

****

फिर चन्दन है भाल पर, सत्ता तेरी चाल पर,

पत्ते फिर फेंटे जाएंगे थाल का बैंगन ढाल पर।

खूब उड़ाया माल है मौज़ भी जाओ भूल तुम,

नीचे से कुर्सी भी जाए, हैं टोपीबाज सवाल पर।।

राजनीति के चक्कर में जला रहे हैं देश,

नेताओं में मर्यादा ही नहीं बची है शेष।

भोली-भाली जनता को बना रहे ये मूर्ख,

अब भी समझो-सुधरो ख़त्म करो कलेश।।

****

क्षणभर में ही जा सकता है रावण का ये राज,

वानर- भालू जुट जाएंगे करने राम का काज।

करने राम का काज बनेगा सेतु समुद्रम,

कह दो उससे अब भी सुधरे आ जाए वो बाज।।

****

दाल में नमक नहीं, वो तो नमक में दाल खाने लगे,

सब कुछ मेरा है यही गीत दिनरात गुनगुनाने लगे।

वे तो ईश्वर हो गए है, ये सबको एहसास कराने लगे,

वक़्त ने झटका दिया तो दिन में तारे नजर आने लगे।।

****

चाटुकारों की भी एक जमात होती है,

इनमें त्वरित बुद्धि बिना बात होती है।

ये दिन को भी रात बना सकते हैं,

बस आका के इशारे की बात होती है।।

कोई खुशफहमी में है तो रहे

कोई खुशफहमी में है तो रहे,

ये तूफान के पहले की शांति है,

उनको भ्रम है कि वे जीत रहे,

उन्हें कौन बताये कि ये भ्रान्ति है।

कोई खुशफहमी में है तो रहे

तूफान आएगा सब ले जाएगा,

यही हकीकत है इसे समझो,

वक्त का इशारा है सुधर जाओ,

वरना अब तो यहाँ तय क्रांति है।

कोई खुशफहमी में है तो रहे

वक्त हमेशा मौका नहीं देता,

उठा लो फिर नहीं आएगा,

मैंने तो समझा तुम भी समझो,

वरना बिगड़ने को यहाँ शांति है।

कोई खुशफहमी में है तो रहे

नींद टूटेगी, पछतावा बहुत होगा,

सिसकियाँ तोड़ देंगी दर्द भी होगा,

जो नहीं सोचा था वो सब होगा,

फिर तो शांति नहीं सिर्फ अशांति है।

कोई खुशफहमी में है तो रहे

मैंने देखा चिरागों को बुझते हुए

मश्वरा है तुम्हें अब सुधर जाने का,

मैंने देखा चिरागों को बुझते हुए,

तुम मेरे दोस्त हो नासमझ ही सही,

देख सकता नहीं कुछ भी होते हुए।

मश्वरा है तुम्हें अब सुधर जाने का

मैंने तुमसे मोहब्बत करी थी कभी,

मैंने ये सोचकर मश्वरा दे दिया,

मेरे दिल में अभी हो, गए तुम नहीं,

सोच सकता नहीं कुछ बिगड़ते हुए।

मश्वरा है तुम्हें अब सुधर जाने का

कोई देरी हुई ना बदल जाओ तुम,

मानो तुमसे हुई थी गफलत कभी,

वर्ना दुश्मन तेरे हैं ज़माने के लोग,

आ भी जाओ यहाँ तुम संभलते हुए।

मश्वरा है तुम्हें अब सुधर जाने का

मेरा घर है खुला चाहे जब आओ तुम,

बस ये वादा करो अब न भटकोगे तुम,

मैं न पूछूँगा ये तुमने क्या कर दिया,

छोड़ सकता नहीं मैं भभकते हुए।

मश्वरा है तुम्हें अब सुधर जाने का

माँ का आँचल

हम सब का पहला सिंहासन माँ का आँचल,
पिता के कोप से बेफिक्री दे माँ का आँचल,
बुरी बलाओं से रक्षक है, माँ का आँचल,
इस धरती पर स्वर्ग है अपनी माँ का आँचल।

हम सब का पहला सिंहासन माँ का आँचल

बारिश और धूप से रक्षक, माँ का आँचल,
इसीलिए हर शख्स को प्यारा माँ का आँचल,
माँ न होती, हम न होते, दुनिया भी न होती,
कुदरत का नायाब तोहफा, माँ का आँचल।

हम सब का पहला सिंहासन माँ का आँचल

माँ से बढ़ कर कोई नहीं है इस दुनिया में,
हर बचपन का है आधार, माँ का आँचल,
साड़ी के इस जरा से हिस्से की ताकत बेजोड़,
ईश्वर से भी है ताकतवर माँ का आँचल।

हम सब का पहला सिंहासन माँ का आँचल

माँ के आँचल की महिमा अब क्या बतलाएं,
सारे जग से सुन्दर सबकी माँ का आँचल,
बिन मांगे ही सब दे देता, नहीं है कोई मोल,
इस दुनिया की हर नेमत है, माँ का आँचल।

हम सब का पहला सिंहासन माँ का आँचल

झूठे वादे मत किया कर

ऐ सियासतदां तू झूठे वादे मत किया कर,
सिर्फ वही कहा कर जो कर दिया कर,
मान लिया सियासत झूठ का खेल है,
पर सब झूठ हो, ऐसा भी मत किया कर।

ऐ सियासतदां तू झूठे वादे मत किया कर

माना कि सच तेरे लिए फायदेमंद नहीं,
पर नमक में दाल तो मत ही खाया कर,
ऐसा करके सबका दिल न दुखाया कर,
अपने वादों में तू सच भी मिलाया कर।

ऐ सियासतदां झूठे वादे मत किया कर

झूठ से बचने की कोशिश भी किया कर,
प्रभु के पास जाना है, ये सोच लिया कर,
ये पब्लिक काली सूची में डाल देगी तुझे,
इतनी ज्यादा अति तो मत ही किया कर।

ऐ सियासतदां तू झूठे वादे मत किया कर

तू सेवा करने आया है, वही किया कर,
जनता को इधर-उधर मत भटकाया कर,
वेतन तो मिलता है, उसी में खुश रहा कर,
पब्लिक की तरह थोड़े में संतोष किया कर।

ऐ सियासतदां तू झूठे वादे मत किया कर

आओ चलो-लौट चलें बड़का दुआर में

आओ चलो-लौट चलें बड़का दुआर में,
ऐसा प्यार कहीं नहीं, सारे संसार में,
साथ तुम रहोगे तो ताक़त बढ़ जाएगी,
तंग कर ना पाए कोई पूरे बाजार में।

आओ चलो-लौट चलें बड़का दुआर में

याद करो दादी और नानी की कहानियां,
बीता जिसमें बालपन और वो जवानियाँ,
बड़े होकर भी, करते रहे नादानियाँ,
ऐसा मिले ना कभी एकल परिवार में।

आओ चलो-लौट चलें बड़का दुआर में

आधुनिकता भूल गयी मेरे और अपने को,
लील गयी खेत व खलिहान की मस्ती को,
सेल फोन-टीवी ने बिगाड़ा है बचपन को,
आओ चलें मस्ती के सच्चे संसार में।

आओ चलो-लौट चलें बड़का दुआर में

एक ही कमाता, दस का गुज़र होता,
बच्चों का पेट भरे, बाप को सबर होता,
काकी और ताई से रिश्ता जबर होता,
आओ चलें अपनों के सुंदर घर-बार में।

आओ चलो-लौट चलें बड़का दुआर में

बप्पा की लाठी से काकी बचाती थीं,

भैया जो डांटें तो भाभी छिपाती थीं,

माई नाराज़ हो तो ताई खिलाती थीं,

आओ चलें रिश्तों के भरपूर भंडार में।

आओ चलो-लौट चलें बड़का दुआर में

चिकवा-कबड्डी से सब बच्चे मौज करें,

घर के ही सब बच्चे मिलकर के फ़ौज करें,

एकाकी ताक़त से अपनों में ओज़ भरें,

आओ चलें -फिर चलें, अपने जवार में।

आओ चलो-लौट चलें बड़का दुआर में

एक बार जो करो दोस्ती, तोड़ो मत

एक बार जो करो दोस्ती, तोड़ो मत,

कभी किसी का हाथ पकड़ के छोड़ो मत,

कोई भरोसा नहीं वक्त का, कब बदले,

रिश्तों को बेवजह कभी निचोड़ो मत। **एक बार जो.........**

घर पर जो मेहमान आए खदेड़ो मत,

बेईमानी से प्राप्त सम्पदा जोड़ो मत,

सोये सांप को भी छेड़ा नहीं करते,

शांत पड़े दुश्मन से अभी-भिड़ो मत। **एक बार जो.........**

छोटी-छोटी बात पे तुम लड़ो मत,

जरा-जरा सी बात पर भी अड़ो मत,

दोस्ती जिससे करना चाहो-कर लो,

पर औकात से बड़े को कभी छेड़ो मत। **एक बार जो.........**

बलशाली से बचके रहो-उधेड़ो मत,

कभी कांच से पत्थर को तुम तोड़ो मत,

लकड़ी की तो छड़ी टूट भी सकती है,

बेंत चोटिल कर सकती है-मोड़ो मत। **एक बार जो.........**

पत्थर से सर टकराना बेवकूफी है,

पहाड़ से भिड़ अपना सर फोड़ो मत,

लेकिन जब इज्ज़त पर बात आए तो,

सामने वाले को फिर कभी छोड़ो मत। **एक बार जो.........**

बारिश का है रंग निराला

बारिश का है रंग निराला,

कभी है अमृत कभी है हाला,

गुरबत की ये होती दुश्मन,

रोज़ बुलाएं हाकिम-लाला।

बारिश का है रंग निराला

गरीब मनाएं कभी न आए,

पड़े न इससे कभी भी पाला,

अमीर कहे कि कभी न जाए,

टकराएं मदिरा की प्याला।

बारिश का है रंग निराला

किसान कहें के समय पे आए,

ताकि मिलता रहे निवाला,

सीलन से भी बचे अन्न और,

लगे न उसमें कभी भी जाला।

बारिश का है रंग निराला

कहीं छने बारिश में पकौड़ी,

कहीं मिले ना पूछने वाला,

कहीं टपकती छप्पर देखो,

चिंतित ना हो पैसे वाला।

बारिश का है रंग निराला

शहर में तो हो जाती आफत,

भर जाता नाला-परनाला,

ऐसे में आ जाए जो मेहमां,

बुद्धि पर पड़ जाता ताला।

बारिश का है रंग निराला

बारिश के इस कहर को टाले,

मिलता नहीं है कोई जियाला,

हैं अपनी-अपनी सभी देखते,

आफत का तो ये परकाला।

बारिश का है रंग निराला

पिता वो हैं जो जाड़े में काँप नहीं लगने देते

पिता वो हैं जो जाड़े में काँप नहीं लगने देते,
प्रभु से लड़ जाते हैं पर शाप नहीं लगने देते।

अपने तन की चिंता नहीं, हमको खूब सजाएं,
सिर्फ हमारी चिंता करते दुःख ना लगने देते,
ये सच है कि माँ के आँचल में ज़न्नत होती है,
पर पिता उस ज़न्नत को ताप नहीं लगने देते।

पिता वो हैं जो जाड़े में काँप नहीं लगने देते

दूध-मलाई पौष्टिक भोजन हमको खूब खिलाते,
खुद खाते हैं रूखी-सूखी पर पता न लगने देते,
वैसे तो दिखते गुस्से में पर अंदर प्यार भरा है,
हम बिगड़ें ना यही सोच, अमल ना लगने देते।

पिता वो हैं जो जाड़े में काँप नहीं लगने देते

हमें जरा भी दुःख पहुँचे तो परेशान हो जाते,
अपना दुःख वे पी जाते हैं भनक ना लगने देते,
कहाँ-कहाँ वे हाथ पसार किससे-किससे कहते,
देते वे औकात से ज्यादा, ना चिंता लगने देते।

पिता वो हैं जो जाड़े में काँप नहीं लगने देते

उनकी एक यही चाहत, पीछे ना रह जाए हम,

जो मांगें हम ले आते वे कसक ना लगने देते,

यदि हमारी कोई हसरत गर पूरी ना कर पाये,

अंदर-अंदर दुखी हैं रहते, पता ना लगने देते।

पिता वो हैं जो जाड़े में कॉंप नहीं लगने देते

हमें अगर कुछ देना हो तो मैया से न पूछें,

मैया के ताने सुनते पर सच उनको न बताते,

इस दुनियां में बाप से बढ़के नेमत कोई नहीं,

जीते सिर्फ हमारी खातिर, संताप ना लगने देते।

पिता वो हैं जो जाड़े में कॉंप नहीं लगने देते

प्यार तो रूठने व मनाने का खेल है

प्यार तो रूठने-मनाने का खेल है,

ये धन-दौलत नहीं दिलों का मेल है,

जीवन में प्यार ही सबकुछ है भाई,

वरना जीवन बन जाता इक जेल है।

प्यार तो रूठने-मनाने का खेल है

जीवन में प्रेम से ही आती खुशी है,

वरना रिश्ते हो जाते हेल की बेल हैं,

जिंदगी में प्यार लाने की कोशिश करो,

ये जीवनदीप की बाती और तेल है।

प्यार तो रूठने-मनाने का खेल है

सिर्फ रिश्तों से ही ना आए बहारें,

प्यार है तो, रिश्तों की रेलमपेल है,

प्यार बिना जीवन में आती रहती,

बाधा व समस्या की भारी नकेल है।

प्यार तो रूठने-मनाने का खेल है

प्यार एक एहसास, जरूरी प्यास है,

रिश्तों की खुराक, भाव का सम्मेल है,

रिश्ते और लोग इसके इंजन व डिब्बे,

प्रेम उस ट्रेन का रास्ता और रेल है।

प्यार तो रूठने-मनाने का खेल है

सवाब से कम नहीं

गरीब की बेटी लाओ, सुख कम नहीं,

उसकी दुआएं भी, दहेज़ से कम नहीं,

सपने उसके भी, गर सच्चा तू कर दे,

काम भी तेरा ये, सवाब से कम नहीं।

गरीब की बेटी लाओ, सुख कम नहीं

गरीबों को चाहो, उन्हें अपना बनाओ,

किसी भी इबादत से ये कम नहीं,

गरीबों की बेटियां भी महलों में जाएं,

इसकी जरूरत भी अब कम नहीं।

गरीब की बेटी लाओ, सुख कम नहीं

अपनी अमीरी पे तुम खुश हो रहे हो,

गुरबत मिटे कहीं पर, जरूरी यही,

ये पैसा, ये रुतबा न आएगा काम तेरे,

गरीब की दुआ भी रब से कम नहीं।

गरीब की बेटी लाओ, सुख कम नहीं

उनकी झोंपड़ियों में हैं बिखरे नगीने,

तराश लो इनको, सवाब कम नहीं,

एक भी नगीना गर तराशा जो तुमने,

ये ज़न्नत के दरवाज़े से कम नहीं।

गरीब की बेटी लाओ, सुख कम नहीं

बदलाव जरूरी है अब

धन से गरीब हो तो मन से धनी बनो,

आडम्बर को छोड़कर, सादगी से चलो,

बड़े घर में बेटी की शादी के लिए जाओ,

पर, बिना खर्च शादी का विकल्प चुनो।

धन से गरीब हो तो मन से धनी बनो

सदियों से चली आ रही प्रथा है खर्चीली,

कम खर्च में काम चले, ऐसा कुछ करो,

बेटे वाला ही खर्च करके तेरा उद्धार करे,

ऐसा ही क्यों सोचते हो, तुम भी बदलो।

धन से गरीब हो तो मन से धनी बनो

शादी तो दिलों का, परिवारों का मेल है,

मंदिर में शादी करो और खर्च से बचो,

बच्चों को पढ़ाने में ही निकलता है तेल,

अब और मत निकले, सादगी से जुड़ो।

धन से गरीब हो तो मन से धनी बनो

बड़े ख्वाब और शाहखर्ची को मत जोड़ो,

लोगों की भी मत सोचो, सच को वरो,

पढ़ाने में ही टूटी कमर, अब मत तोड़ो,

नयी सोच लाओ और कुरीति को तजो।

धन से गरीब हो तो मन से धनी बनो

वरमाला से होती है शादी, इस पर सोचो,

खर्चे आपस में बाँट लो, एक जगह जुटो,

एक वक्त की दावत से काम चलाओ,

ढकोसला छोड़ो, सच्चाई का वरण करो।

धन से गरीब हो तो मन से धनी बनो

तुम बदलोगे तो बड़े घर वाला भी सोचेगा,

तेरा भला होगा तो उसका भी भला देखो,

ताली कभी एक हाथ से नहीं बजा करती,

बदलाव का हाथ बढ़ाओ और हाथ पकड़ो।

धन से गरीब हो तो मन से धनी बनो

एक बाप की नसीहत

जिससे चाहे प्यार करो, इज़ाज़त है,
ध्यान रहे तू अपने बाप की इज्ज़त है,
ये दुनिया है बड़ी फरेबी, धोखा देगी,
कुँए में धकेल के करती जलालत है।
     जिससे चाहे प्यार करो, इज़ाज़त है

तेरा जीवन तेरी मर्जी में तो पहरेदार,
मेरे लिए तो कीमती तेरी अस्मत है,
उस पर दाग लगे ना, है मेरी चाहत,
बाकी तू जो चाहे, तेरी किस्मत है।
     जिससे चाहे प्यार करो, इज़ाज़त है

दुनिया में हैं पग-पग पर शैतान छिपे,
लड़की की अस्मत से खेले ये चाहत है,
अपने घर की इज्ज़त भी ना याद उन्हें,
मैना की गर्दन मरोड़ दें, हैवानियत है।
     जिससे चाहे प्यार करो, इज़ाज़त है

अभी तुम्हारी उमर नहीं है, बच्ची हो,
सोच में भी कच्ची तुम, नादानियत है,
जीवन में तुम सुखी रहो है मेरी चिंता,
तुम पे लग न जाए कोई तोहमत है।
     जिससे चाहे प्यार करो, इज़ाज़त है

पहले सोचो और समझो तब आगे बढ़ो,
ठोंक-पीटकर देखो, कैसी मूरत है,
फिर मैं तेरे साथ हूँ गुड़िया वरण करो,
मुझे भी अब अच्छे बेटे की जरूरत है।

     जिससे चाहे प्यार करो, इज़ाज़त है

बेकार है

सावन का महीना हो और बारिश ना हो,
बादल खूब छाए हो और गर्जन ना हो,
सूरज निकला हो और चमक ना हो,
चाँद रात हो और शीतलता ना हो....**बेकार है** –१
जवानी आयी हो और तड़कन ना हो,
सौंदर्य भरा हो और गुस्सा ना हो,
उम्र अट्ठारह की हो और जोश ना हो,
दारू पिए हो और मदहोश ना हो....**बेकार है** –२
माता हो और ममता भरी ना हो,
पिता हो और उनकी हनक ना हो
बहन हो और उससे इज़्ज़त ना हो,
भाई हो और उसका सम्बल ना हो....**बेकार है** –३
पड़ोसी हो और उससे रिश्ता ना हो,
रिश्तेदार हो और वह याद ना हो,
मित्र हो पर वह मददगार ना हो,
शिष्य हो और वह समझदार ना हो....**बेकार है** –४
अंगूर हों और वे मीठे ना हों,
सेब रखे हों और पके ही ना हों,
भोजन हो और स्वाद ही ना हो,
पानी हो और वह मीठा ना हो....**बेकार है** –५

मान लो मेरी बात

सारे भारत में बजता है, पूरबियों का डंका,
सात समंदर पार भी, चलता इनका सिक्का,
पढ़ने-लिखने में आगे हैं, रंगबाज़ी में इक्का,
इनको बस गुजर जाने दो, मान लो मेरी बात।

सारे भारत में बजता है, पूरबियों का डंका

पूर्वांचल की माटी के तो, बड़े-बड़े धुरंधर,
चंद्रशेखर, कल्पनाथ हो या हो वो नरेंदर,
महामना हों शास्त्री हों या हो लाल जवाहर,
इनका कोई जोड़ नहीं है, मान लो मेरी बात।

सारे भारत में बजता है, पूरबियों का डंका

इस माटी का योगी भी है राजनीति का हीरो,
इनके बिना तो सूबे की हर कूटनीति है जीरो,
इनके आगे ठहर ना पाए, बंसी वादक नीरो,
इनसे मत शास्त्रार्थ करो, मान लो मेरी बात।

सारे भारत में बजता है, पूरबियों का डंका

पत्रकारिता में भी चमकें पुरबिया सिकंदर,
शार्दुल हों, यशवंत हों या हों राय उपेन्दर,
सुब्रत राय ने गाड़ा है यहाँ मील का पत्थर,
इसकी माटी में मेधा है, मान लो मेरी बात।

सारे भारत में बजता है, पूरबियों का डंका

गोरखपुर व ग़ाज़ीपुर का खूब हुआ सम्मेल,
दोनों मिल कर चला रहे हैं पत्रकारिता रेल,
कभी किसी भी काम में, होते नहीं ये फेल,
इनसे होड़ कभी ना करना, मान लो मेरी बात।

सारे भारत में बजता है, पूरबियों का डंका

पुरबियों का डंका

सारे भारत में बजता है, पुरबियों का डंका...

रहते है ये हनक में अपनी, अपने में ही मस्त,
अपने काम में डूबे रहते, अपने में ही व्यस्त,
अगर परेशां करे जो कोई, कर देते फिर त्रस्त,
इनसे भैया कभी न उलझो, मान लो मेरी बात।
सारे भारत में बजता है, पूरबियों का डंका

पूर्वांचल में भले लड़ें, बाहर जाके एक हो जाएं,
बाहर में तो मिलके रहते, एक ही थाली खायें,
परदेस में देख एका इनकी, दुश्मन भी थर्राय,
प्यार से इनसे हरदम बोलो, मान लो मेरी बात।
सारे भारत में बजता है, पूरबियों का डंका

आज़ादी संग्राम में भी, बजा था इनका डंका,
इनकी हिम्मत-ताक़त पर है ना कोई शंका,
कितनों को सीधा किया जलाके उनकी लंका,
इनकी तो हर अदा निराली, मान लो मेरी बात।
सारे भारत में बजता है, पूरबियों का डंका

बाँसगाव, पैना, चैनपुरवा, शेरपुर का शोर,
इनके आगे नहीं चले, कभी किसी का जोर,
दुश्मन की गर्दन मरोड़ दें, छेड़ें ना कमजोर,
इनके चक्कर में ना पड़ना, मान लो मेरी बात।
सारे भारत में बजता है, पूरबियों का डंका

प्यार करोगे प्यार मिलेगा, है ये पक्का वादा,
झगड़ा जो तुमने किया, छीनेंगे तेरा आधा,
बिना बात ये लड़ते ना, चलन है सीधा-साधा,
सोया शेर जगाना भी मत, मान लो मेरी बात।
सारे भारत में बजता है, पूरबियों का डंका

पूर्वांचली पावन माटी में

पूर्वांचली पावन माटी में बड़े-बड़े हैं शेर,
विरोधी को पछाड़ने में, करें नहीं ये देर,
इनकी कोई काट नहीं, सेर को सवासेर,
इनसे बचके निकलो, समझो मेरी बात।
पूर्वांचली पावन माटी में बड़े-बड़े हैं शेर

ज्यादा बात नहीं, ये एक बार समझाते,
अपनी सीट है लेते, धक्का कभी न खाते,
हक़ ये किसी का ना मारें, प्रभु से हैं डरते,
इनको रौ में बहने दो, समझो मेरी बात।
पूर्वांचली पावन माटी में बड़े-बड़े हैं शेर

दो तबके बिन बात लड़ें, बात पे देते जान,
दौलत को ये ना मानें, देखें केवल शान,
हारें भी तो उसी से, जहाँ मिले सम्मान,
बस आन से मत खेलो, समझो मेरी बात।
पूर्वांचली पावन माटी में बड़े-बड़े हैं शेर

एक बार जो वचन दिया, पीछे ना ये हटते,
जान भले ही जाएगी पर साथ हमेशा रहते,
इनसे जो हो गयी दोस्ती, नाम हमेशा रटते,
धोखा इनको मत देना, समझो मेरी बात।
पूर्वांचली पावन माटी में बड़े-बड़े हैं शेर

पूर्वांचल की माटी में है गाजर और चुकंदर,
इसी की ताक़त से मारे, कितने ही दसकंधर,
जिद पे गर आ जाएं तो, मारें घर के अंदर,
है गुस्सा बहुत ख़राब, समझो मेरी बात।
पूर्वांचली पावन माटी में बड़े-बड़े हैं शेर

आओ मिलकर खेलें होली

आओ मिलकर खेलें होली, प्यार के रंग-अबीर लगाएं।
चूनर को बासंती कर लें, दिल से नफ़रत दूर भगाएं।।-१

जैसे कान्हा ने खेली थी, वैसा अब माहौल बनाएं।
सारा भारत बृजमय कर दें, सबको अपने अंक लगाएं।।-२

जैसी होती अवध में होली, वैसी ही हम-आप मनाएं।
सीता वाली वह रंगोली, फिर से हम घर-घर में सजाएं।।-३

घूमे गाए फ़ाग की टोली, सबको घर-घर फ़ाग सुनाए।
अम्मा से बनवा गुलगुल्ला हुरियारों को खूब खिलाएं।।-४

भाभी देख जो करें ठिठोली, देवर को डंडा लगवाएं।
बाबा-भैया भांग चढ़ाएं तो अम्मा-भाभी से उतराएँ।।-५

करे ठिठोली गाँव की छोरी, जैसे राधा ने भी की थी।
बनें कन्हैया प्यार जताएं, फिर वह पावन प्रेम निभाएं।।-६

उसे दर्द क्यों कहें

जो टीस ना उठाये, उसे दर्द क्यों कहें।
जो हाड़ ना कंपाए, उसे सर्द क्यों कहें।।-१

जो डर के ना बैठे, उसे ज़र्द क्यों कहें।
दुश्मन को भूल जाए, उसे मर्द क्यों कहें।।-२

जो इश्क़ ना करे, उसे हम बेदिल क्यों कहें।
अफ़सोस जो जताए, उसे बेदर्द क्यों कहें।।-३

जो विष से हार जाए, उसे अमृत क्यों कहें।
जो प्यार ना जताए, उसे हमदर्द क्यों कहें।।-४

जिसे मालूम ही नहीं, क्या हो गया हमें।
फिर ऐसे इंसान को खुदगर्ज़ क्यों कहें।।-५

मेरी कमियां तो तुम बड़ी शिद्दत से पूछते हो

मेरी कमियां तो तुम बड़ी शिद्दत से पूछते हो।
इतनी शिद्दत से कभी मेरा दिल भी देखते हो।।-१

लोग तो तुम्हें पाने के लिए कुछ भी बता देंगे।
दुनिया वालों के चक्कर में तुम क्यों पड़ते हो।।-२

कभी अपने मन की सुनो, खुद भी कुछ गुनो।
मेरे मन में झांको, ऐसे ही राय क्यों रखते हो।।-३

मुझे डर है कि कहीं तुमसे कोई चूक न हो जाए।
ज़माने वालों की झूठी बातों में क्यों फंसते हो।।-४

छोड़ दो तुम मेरे बारे में यूँ रायशुमारी करना।
पास आ जाओ, दूर से जानकारी क्यों करते हो।।-५

ऐसे में भटक जाओगे, कुछ भी सही नहीं पाओगे।
आओ बात करते हैं, बात से इतना क्यों डरते हो।।-६

पीओके भी अपना होगा

पीओके भी अपना होगा नहीं है कोई देर।
विश्व जगत के सामने, पाकिस्तान है ढेर।।1-१

बहुत हो गयी वार्ता, एक्शन की है बारी।
पाकिस्तान ही टूटेगा, भइया देर-सबेर।।1-२

चीन भी अब बेचैन है, कहाँ फंस गए यार।
उसने भी अब छोड़ी है, पाक-पाक की टेर।।1-३

अपने ही घर में घिरे पाक के कागज़ी शेर।
देश के कुछ गद्दार भी, मना रहे अब खैर।।1-४

रजनीकांत ने भी कहा, ये गुजराती है शेर।
कृष्णार्जुन की जोड़ी तो सेर पर सवा सेर।।1-५

पाकिस्तान जो बोला, देंगे मुंहतोड़ जवाब।
सेना भी तैयार खड़ी करने को दुश्मन ढेर।।1-६

खुशियां दूर न जाएं तुमसे

प्यार करो चाहे जिससे पर एक बात का ख्याल रहे।
गढ्ढे में ना गिर जाओ तुम, कोई नहीं मलाल रहे।।-१

माँ-बाप की होती इच्छा, लल्ली बस खुशहाल रहे।
ना राह तेरी हो काँटों भरी, गलत चाल ना ढाल रहे।।-२

उनके जिगर का टुकड़ा हो तुम, सदा दूर जंजाल रहे।
खुशियां दूर न जाएं तुमसे, जीवन तेरा कमाल रहे।।-३

खुशिया रहे, हमेशा घेरे, मुखड़ा तेजोमय लाल रहे।
तुमको कोई कष्ट न हो और दूर हमेशा काल रहे।।-४

तुम जैसी थी वैसी लौटो, कोई नहीं बवाल रहे।
सब कुछ पहले जैसा हो, कोई नहीं सवाल रहे।।-५

स्वार्थ भरी इस दुनिया में तो झूठों का है मंगल

स्वार्थ भरी इस दुनिया में, तो झूठों का है मंगल।
सीधे-सच्चे लोगों का तो, जद्दोजहद और दंगल।।-१

चाटुकार ही पाएं मलाई, बाकी बनते ए के हंगल।
खरा बोलने वाले भैया, भेज दिए जाते हैं जंगल।।-२

माल पीटते झूठ बोलकर, सच से नहीं है नाता।
सच बोले जो सर पीटें वे, रहते बने हमेशा कंगल।।-३

बन जाते गोलू गवाह जो, मौज में रहते हरदम।
सच का साथ जो दे देता है, उसका सदा अमंगल।।-४

मेरी मानें या ना मानें, सबकुछ आपकी मर्जी।
यदि बन जाएं चम्पू-गोलू, होगा सदा सुमंगल।।-५

चलो गाँव की ओर

शहरी हवा हो गयी प्रदूषित, चलो गाँव की ओर।
लोगों का यहाँ मन भी काला, नहीं भले का ठौर।।-१

पार्कों की दूषित वायु से अच्छी खेतों की है भोर।
पिज़्ज़ा-बर्गर से भी अच्छा, दूध-भात का कौर।।-२

शॉवर के पानी से बढ़िया, है बारिश का शोर।
मस्त मज़ा देता है, जब आँगन में बरसे घनघोर।।-३

जिम जाने से अच्छी, चिकवा और कबड्डी मोर।
पार्कों की पक्की ज़मीन से, मिले ना कोई जोर।।-४

एसी से भी ठंडी भैया, ताल से आती है झकझोर।
सेण्ट-परफ्यूम से बढ़िया है, मस्त आम की बौर।।-५

नयी-नयी बीमारी जन्मे, वातावरण प्रदूषित बोर।
आस-पास हैं गर्म हवाएं, एसी का डिब्बा चहुं ओर।।-६

शहरी हवा में चालाकी है, बढ़ा कपट का जोर।
गाँव के लोग हैं सीधे-सादे, मदद करें पुरजोर।।-७

शहर के छोटे घरों में भैया, रिश्ते भी कमजोर।
मेरी बात को गाँठ बांध लो, और करो तुम गौर।।-८

पाक से सीधी बात

बहुत हुई लुका-छिपी, अब पाक से सीधी बात।
पीओके भी ले लेना है, उससे जुड़े हुए जज़्बात।।-१

पाक तू तो असहाय हुआ और पड़ा अकेले रोए।
विश्व विरादरी से भी तुमको मिला कहीं ना साथ।।-२

इमरान मियां गर ना माने, फेकेंगे हिन्द महासागर।
चीन अगर कुछ बोला तो उससे भी होगी दो-दो हाथ।।-३

याद करो एयर स्ट्राइक, याद करो तुम कारगिल।
एटम बम की धमकी ना दो, तुझे बताएंगे औकात।।-४

चीन के बल पर मत कूदो तुम, नहीं मिलेगा साथ।
व्यापारी है सब जाने है, करेगा तुमको खाली हाथ।।-५

चीन को तो ये चिंता है, भारत में ना बिकेगा माल।
अपना घाटा सह करके, क्या देगा वो अब तेरा साथ।।-६

भारत की जनता भी अबकी चीनी माल को भूलेगी।
लाइट-पटाखा नहीं बिकेगा, जाएगा सब उलटे हाथ।।-७

अब भी समय है चेतो तुम, घुड़की को तो जाओ भूल।
हमसे ही तो पैदा हुए हो, आ जाओ बप्पा के साथ।।-८

अमीरी में खूब बाँटी खैरात

अमीरी में खूब बाँटी खैरात, बुलाए-जाए।
पर गुरबत में भी कहने लगे, लाएं –लाएं।।–१

कभी मयखाने में पूरी बोतल छोड़ आते थे।
अब तो खुद ही खोजने लगे, दाएं–बाएं।।–२

अमीरी थी तो वे रोज़ बुलाया करते थे।
मुफलिसी आयी तो कह रहे, जाएं–जाएं।।–३

कभी हम थे–अच्छे–अच्छों के उस्ताद।
अब तो चेले ही करने लगे, आय–बांय।।–४

इक दौर था जब महफ़िलें खूब लूटी मैंने।
अब तो सन्नाटे करने लगे, सायं–सायं।।–५

कभी मेरी आवाज़ में भी था इक जादू।
अब तो हम भी करने लगे, भायँ–भायँ।।–६

उनका अच्छा वक्त कहूँ या मेरी कमजोरी।
अब कर्जखोर ही करने लगे चांय–चांय।।–७

तब जाने कितनो को पनाह दी थी हमने।
अब उन्हीं में कुछ करने लगे, ठांय–ठांय।।–८

पुरुआ बयरिया

पुरुआ बयरिया बड़ा रे सतावे।
रहि-रहि उठेला दरदिया....**हो रामा।।-१**

एक त हम बानी बिरह के मारल।
ओह पर सतावे ननदिया....**हो रामा।।-२**

खेती के काम कुलि बाटे कपारे।
देवरा त रहे ना दुअरिया....**हो रामा।।-३**

सासु भी बूझें नाहि... हमरो दिकतिया।
केसे कहीं आपन बिपतिया....**हो रामा।।-४**

बड़का के खोंखी, छोटका के पियरी।
नन्हकी के आवे जड़इया....**हो रामा।।-५**

रस्ता जोहात तोरा, सभे बा पटाइल।
केहू न दियावे हो दवईया....**हो रामा।।-६**

केकरा पर छोड़ि गइल सगरो बवलवा।
अब नाहिं सपरे झंझटिया....**हो रामा।।-७**

तूँहूँ नाहिं अईला अबकी हो बेरिया।
तोरा बिन काटे अँगनाईया....**हो रामा।।-८**

बरखा के पानी हमके बहुते रोआवे।
जल्दी से आजा मोर संघतिया....**हो रामा।।-९**

जल्दी जो अईबा त मुँह देखि लेब।
अब नाहिं बीते हो समइया....**हो रामा।।-१०**

पूरी कौम कटघरे में

चंद सिरफिरे कठमुल्लों से पूरी कौम कटघरे में।
आग लगाते घूम रहे ये, प्रेम-प्यार के मजरे में।।-१

अमन-चैन को चाहने वाले खुदा पाक के बन्दे हैं।
पर कठमुल्लों को भेजो अब पाकिस्तानी बजरे में।।-२

बनी बात को भी बिगाड़ दें, बस दुकान की फिक्र।
ऐसे लोग तो आग लगाते, मोहतरमा के गज़रे में।।-३

इन्हें मोहब्बत नहीं है भाती, अमन के हैं ये दुश्मन।
इनकी बात सुनो ही मत, पड़ो न इनके पचड़े में।।-४

वैसे तो ये मानेंगे ना फिर भी थोड़ी अकल दिलाओ।
कोई छोड़ के आओ भाई, अल्ला पाक के हुजरे में।।-५

इनका काम है नफ़रत बोना, फसल उसी की खाते।
इतना भी अपराध बहुत है, ले लो पुलिसिया घेरे में।।-६

बहुत हुआ अब इनका नाटक, बहुत हुई ठेकेदारी।
अगर नहीं ये ना मानें तो भेज दो इनको पिंजरे में।।-७

ठीक बात नहीं

इज़्ज़त के साथ लज़्ज़त हो, बुरी बात नहीं।
लज़्ज़त के लिए बेइज़्ज़त हों, ठीक बात नहीं।।१-१

ईमानदारी से रुतबा मिले तो मुबारक हो।
पर उसके लिए ज़मीर बेचना, ठीक बात नहीं।।१-२

खूबसूरती घर का मान रखे तो अच्छा है।
उससे घरवाले अपमानित हों, ठीक बात नहीं।।१-३

खेती घरवालों का पोषण करे तो आदर्श है।
पर जमा पूंजी ख़त्म हो जाए, ठीक बात नहीं।।१-४

स्वाभिमान अगर मान दिलाए तो ठीक है।
मगर अभिमान बन जाए तो, ठीक बात नहीं।।१-५

सत्ता अगर जनता के काम आए तो ठीक है।
वह दमन चक्र चलाने लगे तो, ठीक बात नहीं।।१-६

प्रभु भक्ति निःस्वार्थ हो तो कृपा मिलती है।
मगर प्रभु से सौदेबाज़ी करना, ठीक बात नहीं।।१-७

उसकी कृपा पानी है तो मन को साफ़ रखो।
मैले मन में ईश्वर को बुलाना, ठीक बात नहीं।।१-८

पता ही नहीं चला

तू से कब आप हो गए तुम, पता ही नहीं चला।
दिल से कब दूर हुए, पता ही नहीं चला।।-१

कितना अपनापन था तुझे तू पुकारने में यार।
जाने कब जनाब हुए, पता ही नहीं चला।।-२

अब तो लगता है, हुजूर बनके ही मानोगे तुम।
दूरियां तेजी से बढ़ीं, पता ही नहीं चला।।-३

मेरे-तेरे बीच औपचारिकता की बात ही न थी।
रुतबा बीच में आया, पता ही नहीं चला।।-४

तुझमें तो हरदम तू ही देखा किया था मैंने।
कब चेहरा बदल लिया, पता ही नहीं चला।।-५

तेरे अपनों को भी अपना समझ मान दिया।
कब पराये हो गए, पता ही नहीं चला।।-६

इतनी भी बेरुखी व दूरी अच्छी नहीं मेरे तुम।
आप हुआ तो कहोगे, पता ही नहीं चला।।-७

दूसरों से मेरी कैफियत क्या पूछते हो जानी

दूसरों से मेरी कैफियत क्या पूछते हो जानी।
उसकी भी दवा हूँ, जिसका काटा न मांगे पानी।।-१

हमने एक बार जो कर ली, तो कर ली दोस्ती।
फिर तो छाता बन जाते हैं, आग बरसे या पानी।।-२

मेरे अपनों का कुछ नहीं बिगाड़ पाते हैं वे।
विरोधियों को बस यही एक मुझसे है परेशानी।।-३

मेरी तो कोशिश है, मेरे अपने खुशहाल रहें।
उनको न हो कोई गम, जिंदगी हो जाए सुहानी।।-४

हमने तो खुदा से बस यही एक दुआ है मांगी।
अपने आगे ही बढ़ते रहें, बनी रहे उनकी रवानी।।-५

ईश्वर ने शायद पारस पत्थर बनाया है मुझे।
अपने नहीं आते झांसे में, चाहे डालो दाना-पानी।।-६

तुम भी आ जाओ अपनों के इस समंदर में।
फिर तो सुकून से कटेगी तेरी बाकी जिंदगानी।।-७

मोहब्बत तो साहब बेवजह बदनाम होती है

मोहब्बत तो साहब बेवजह बदनाम होती है।
इस शहर में कहाँ कोई चीज़ बेदाम होती है।।-१

पहले तो प्यासों को मुफ्त पानी पिलाते थे।
अब तो वो भी बोतल में सबके नाम होती है।।-२

मशवरा है कि बचके रहना मेरे शहर की बेटियों।
अब तो आबरू भी यहाँ हर रोज़ नीलाम होती है।।-३

शहर के मवालियों से तो बचके ही रहना भाई।
यहाँ पैसों के बल पर रुसवाई सरेशाम होती है।।-४

बिकने को तो यहाँ कुछ भी बिक जाए अभय।
सच्चाई की बिक्री तो अब सुबह-शाम होती है।।-५

मैं बरस जाऊँ तेरे गाँव में बादल बनके

मैं बरस जाऊँ तेरे गाँव में बादल बनके,
तू अपनी आँख के सागर का ये पानी दे दे,
दाग लगता है तो लग जाए मुझे,
बस अपनी आँख से काजल ये नूरानी दे दे।

मैं बरस जाऊँ तेरे गाँव में बादल बनके

तू जो चाहे तो तेरे दर पे ही हो जाएं फ़ना,
शर्त इतनी कि मुझे एक निशानी दे दे,
तू क्या समझेगा मेरे दर्द व तन्हाई को,
बाख़ुदा मौत से पहले तू जिंदगानी दे दे।

मैं बरस जाऊँ तेरे गाँव में बादल बनके

तू क्या समझेगा मेरे इश्क़ कि गहराई को,
मैंने माँगा है ख़ुदा से तेरा जलवो-जलाल,
मैं बरस जाऊँ चाहत की खुशबुओं की तरह,
तू फ़क़त प्यार कि इक सच्वी कहानी दे दे।

मैं बरस जाऊँ तेरे गाँव में बादल बनके

मैंने तेरे लिए इक शाम सजा रक्खी है,
दिल के कोनों में तेरी याद बसा रक्खी है,
अब तो मिल जाओ कि मिल जाए सुकून,
इश्क़ सच्चा है मेरा प्यार रूमानी दे दे।

मैं बरस जाऊँ तेरे गाँव में बादल बनके

कश्ती तेरी किनारे पे आ तो गयी

कश्ती तेरी किनारे पे आ तो गयी,

बेवजह तुम समंदर ना जाया करो,

एक घर ही बहुत ज़िन्दगी के लिए,

हर जगह आशियाँ मत बनाया करो।

कश्ती तेरी किनारे पे आ तो गयी

हमको मालूम है रास्ते हैं बहुत,

ऐसे सबसे तू दिल न लगाया करो,

मानता हूँ अजंता की मूरत हो तुम,

हर जगह न नुमाइश लगाया करो।

कश्ती तेरी किनारे पे आ तो गयी

तेरी चाहत में मज़बूर हैं हम सनम,

यूँ न हमसे तू नज़रें चुराया करो,

साथ तुमको भी ले जाएंगे सोचा था,

इस तरह से जाने की जिद ना करो।

कश्ती तेरी किनारे पे आ तो गयी

मांग लेंगे खुदा से तुझे ऐ सनम,

अपनी दुनिया में वापस न जाया करो,

मेरे जीवन की नैया की पतवार हो,

तुम ही कश्ती न मेरी डुबाया करो।

कश्ती तेरी किनारे पे आ तो गयी

मेरे जीवन में आये तो रुक जाओ ना

मेरे जीवन में आये तो रुक जाओ ना,

हर समय बेरुखी मत दिखाया करो,

मैंने माँगा तुम्हें उम्र भर के लिए,

इस तरह मुझको तुम न सताया करो।

मेरे जीवन में आये तो रुक जाओ ना

शाम रंगीन हो गयी जो देखा तुम्हें,

सुबह भी सुरमई अब तो होने लगी,

मैंने देखा नहीं तुझको जी भर अभी,

रेत पर बूंद तुम मत गिराया करो।

मेरे जीवन में आये तो रुक जाओ ना

लोग सोचेंगे मैं कितना-फक्कड़ हूँ यार,

कुछ भी हासिल नहीं तेरे आने के बाद,

मेरा जीवन तो है एक ठहरी सी झील,

इससे कोई नदी भी निकाला करो।

मेरे जीवन में आये तो रुक जाओ ना

तुम गयी गर तो मैं भी गुजर जाऊँगा,

जिंदगी रोक करके ठहर जाऊँगा,

मेरा जीवन तेरा था तेरा ही रहे,

कोई ऐसा जतन तुम किया तो करो।

मेरे जीवन में आये तो रुक जाओ ना

राज काली है फिर भी चले आइये

रात काली है फिर भी चले आइये,

दिल ने आवाज दी है चले आइये,

मिलन की बेकरारी बहुत है सनम,

तोड़कर सारी बंदिश चले आइये।

रात काली है फिर भी चले आइये

प्यास बुझती नहीं है तेरे बिन सनम,

बन के बादल की बूँदें बरस जाइये,

मेरी कश्ती है नदिया की मझधार में,

बनके पतवार-माँझी सनम आइये।

रात काली है फिर भी चले आइये

मैंने माना बहुत ही है मशरूफ तू,

मेरी चाहत ने चाहा, न तड़पाइए,

वक्त पर आना तेरा दवा है मेरी,

अब तो आ जाइये अब न इतराइये।

रात काली है फिर भी चले आइये

आप आएंगे ये हमको मालूम है,

फिर क्यों देरी है ये हमको बतलाइये,

आजमाइश पर मैं और मेरा दिल यहाँ,

बेवफा तुम नहीं बस ये दिखलाइये।

रात काली है फिर भी चले आइये

तुमसे मिलना मिलाना अलग बात है

तुमसे मिलना मिलाना अलग बात है,

प्यार होना न होना अलग बात है,

दिल के तारों ने छेड़ा मोहब्बत का राग,

तुम भी गाओ न गाओ अलग बात है।

तुमसे मिलना मिलाना अलग बात है

तेरी गलियों में हम आ गए हैं सनम,

तुम गली में ना निकलो अलग बात है,

मेरी चाहत ने आवाज दी है तुझे,

तेरी खिड़की खुले ना अलग बात है।

तुमसे मिलना मिलाना अलग बात है

मेरी किस्मत में तू है या है तू नहीं,

मेरे ख्वाबों में तू है ये सच बात है,

तोड़कर बंदिशे तुमको आ जाना था,

तुमने हिम्मत न की ये अलग बात है।

तुमसे मिलना मिलाना अलग बात है

हम तो तेरी तवज्जो के प्यासे सनम,

तू भी देखे न देखे अलग बात है,

तेरी चाहत में रुसवाई मिल ही गयी,

तुम मिलो न मिलो ये अलग बात है।

तुमसे मिलना मिलाना अलग बात है

जैसे चाँद में चाँदनी रहती है

जैसे चाँद में चाँदनी रहती है,
जैसे सूरज में किरण रहती है,
जैसे फूलों में खुशबू रहती है,
वैसे ही आप हमारे दिल में रहते हैं।
जैसे चाँद में चाँदनी रहती है

जैसे नदी सागर में समाती है,
जैसे संध्या रात में जाती है,
जैसे फूलों पर जवानी आती है,
वैसे ही आप मेरे ख्वाबों में आते हो।
जैसे चाँद में चाँदनी रहती है

जैसे फूलों में गुरुर होता है,
जैसे बारिश में मयूर होता है,
जैसे नशे में सुरूर होता है,
वैसे ही आप जिंदगी में जरूर होते हैं।
जैसे चाँद में चाँदनी रहती है

जैसे जवानी में जोशोखरोश आता है,
जैसे ठोकर के बाद होश आता है,
जैसे मयखाने से मदहोश आता है,
वैसे ही आपसे जुनूनों-जोश आता है।
जैसे चाँद में चाँदनी रहती है

उसने जो ली अंगड़ाई है

उसने जो ली अंगड़ाई है,
चाँदनी खिड़कियों से उतर आई है,
चाँद भी देखके शरमा गया,
आशिक़ों के जश्न वाली रात आयी है।
उसने जो ली अंगड़ाई है

हम तो बैठे रहे दिल थाम के,
उसने जो अपनी चाँदनी लुटाई है,
दीवानों ने भी बेसाख्ता कहा,
या ख़ुदा, ये कैसी ज़ीनत आयी है।
उसने जो ली अंगड़ाई है

उसने तो रात में ही दिन किया,
जैसे ज़न्नत ज़मीं पर उतर आयी है,
उसके जलवों में संगीत भी है,
जैसे कि बज रही हो कहीं शहनाई है।
उसने जो ली अंगड़ाई है

सबके दिलों पर वो छायी है,
जैसे ही खिड़की पर झलक आयी है,
अब क्या उसकी तारीफ़ करें,
उससे तो बाग़ की कली भी शरमाई है।
उसने जो ली अंगड़ाई है

जलवा अफ़रोज़ हो जा ज़ालिम,
न दिखने की कसम तो नहीं खायी है,
अगर अंगड़ाई पर है ये आलम,
रूबरू हो, देखूं तो कैसी क़यामत आयी है।
उसने जो ली अंगड़ाई है

माशूक़ के आँसू की इतनी फ़िक्र है

माशूक़ के आँसू की इतनी फ़िक्र है,
कभी माँ-बाप का रोना भी सोचा है,
उसकी हर ख्वाहिश का ख्याल तुझे,
कभी भाई-बहन की चाहत सोचा है।
माशूक़ के आँसू की इतनी फ़िक्र है
माशूक़ के आगे भी दुनिया है दोस्त,
कभी अपनों के बारे में भी सोचा है,
माशूक़ तो तुम्हारे दिल में रहता है,
पर तुम जिनकी जान उनका सोचा है।
माशूक़ के आँसू की इतनी फ़िक्र है
माशूक़ स्वप्न है, घरवाले सच्चाई,
तेरे बिना उनका क्या होगा सोचा है,
माशूक़ देने और गँवाने का नाम है,
परिवार से सिर्फ मिलना है, सोचा है।
माशूक़ के आँसू की इतनी फ़िक्र है
हम ये नहीं कहते इश्क़ करो ही नहीं,
पर जुनून में अपने छूटते हैं सोचा है,
दोनों से रिश्ता निभा सको तो करो,
इश्क़ के लिए खून ही छूटे है सोचा है।
माशूक़ के आँसू की इतनी फ़िक्र है

इश्क की राह में यारों बड़े फजीते हैं

इश्क की राह में यारों बड़े फजीते हैं।
छुप-छुप के रहते, घुट-घुट के जीते हैं।।१-१

बेशुमार दौलत किसी काम की नहीं।
गम ही खाते हैं और गम ही पीते हैं।।१-२

जो उनकी बातें करें वो अपने होते हैं।
बाकी सब बेदर्द व दुश्मन से लगते हैं।।१-३

दिन-रात उसके तसव्वुर में रहते हैं।
और उनींदी आँखों से ख़्वाब देखते हैं।।१-४

रोग लगा तो हरदम खोए रहते हैं।
घर और संसार से अनजाने रहते हैं।।१-५

अपनी फ़िक्र न अपनों का ख्याल।
बेगानां पर अधिक भरोसा करते हैं।।१-६

सिले होंठों से बातें किया करते हैं।
जुबां का काम भी आँखों से लेते हैं।।१-७

इनका दर्द जानना है तो प्यार करो।
फिर समझोगे, ये कैसे रहते हैं।।१-८

समझाने जाओ तो बुरा मानते हैं।
बात-बात पे मरने की धमकी देते हैं।।१-९

ऐसे लोगों की एक ही दवा है अभय।
हाँ में हाँ मिलाते रहो, खुश रहते हैं।।१-१०

तेरा ये बेपनाह हुस्न

तेरा ये बेपनाह हुस्न और तेरी सादगी।
बस मौका दे दे, ख़त्म करूँ आवारगी।।1-1

फैसला करना है तो आज ही कर दे।
तेरे नाम कर दी, अपनी सारी बंदगी।।1-2

इश्क़-मोहब्बत प्यार-व्यार सब बेकार।
बस तेरे निर्णय से ही रुके दीवानगी।।1-3

गलती से जो ठुकराया तूने मुझको।
कसम तुम्हारी छोड़ूंगा फिर जिंदगी।।1-4

तू मेरी महबूबा होगी, मैं तेरा महबूब।
जान हथेली पे है, काहे की शर्मिंदगी।।1-5

दौलत की दीवार भी हम गिरा डालेंगे।
मेरा कहा तू मान, मिटा दे तिश्नगी।।1-6

पहला और आखिरी मौका मुझे ही दे तू।
मुझे भा गयी बस तेरी ये सादगी।।1-7

अपना ये वादा है साथ न हम छोड़ेंगे।
वक्त जो आया देख लेना मर्दानगी।।1-8

मोहब्बत का अज़ब फलसफा है दोस्तों

मोहब्बत का अज़ब फलसफा है दोस्तों।
जो जान का दुश्मन, उसे ही जान देते हैं।।1-1

उससे मुलाक़ात को भले मुद्दतें हो जाएं।
पर हरदम हम उसी पर गुमान करते हैं।।1-2

हम मान भी जाएं पर दिल मानता नहीं।
बस यही सुनना चाहे कि वो हमें मान देते हैं।।1-3

एकतरफा है पर बेहद मोहब्बत है उससे।
उसके हक़ की बात हो तो, हम तान देते हैं।।1-4

उसे एक बार रस्ते में सामने से देखा था।
तभी से तो हम उसका गुणगान करते हैं।।1-5

मेरा दिल भी, उसी पल से उसका हुआ।
पूरी शिद्दत से उस पर जान छिड़कते हैं।।1-6

वो अगर रहना चाहे तो ठिकाने बहुत हैं।
कोई और क्यों, हम अपना मकान देते हैं।।1-7

किराएदार नहीं मालिक है वो मेरे दिल का।
हम सरेआम इस बात का एलान करते हैं।।1-8

एक बार इशारा तो करे रज़ामंद होने का।
अभी के अभी साथ जाने का बयान देते हैं।।1-9

अब तो यही एक हसरत बची है दोस्तों।
वो हाँ करे, ताउम्र वफ़ा की जबान देते हैं।।1-10

एहसास है मुझे

आपकी मशरूफ़ियत का एहसास है मुझे।
पर आप की आदत सी है, छूटती ही नहीं।।-१

सोचा ये भी था, कोई और अपना ढूँढ लूँ।
अफ़सोस, कोई आप जैसा मिलता ही नहीं।।-२

बात ये नहीं कि आपका साथ नहीं मिला।
आप नहीं थे, भाग्य का साथ मिला ही नहीं।।-३

हो सके तो इधर भी नज़र हो जाए कभी।
बिखर रहा हूँ मैं जुड़ने की सूरत ही नहीं।।-४

मुझे आपकी नीयत पर संदेह नहीं साहेब।
क्या करूँ मुझे किस्मत पर भरोसा ही नहीं।।-५

कभी तू भी तो आया कर

बस तेरी याद आती है कभी तू भी तो आया कर।
पास आकर के तू मेरे, मेरा दिल भी बहलाया कर।।-१

मुद्दतें हो गयीं सनम, तुमको देखा ही नहीं।
चल असल में ना सही, ख्वाब में ही दिख जाया कर।।-२

ख्वाब रातों में आते हैं, तू तो दिन में दिखाया कर।
दिन के सच्चे ही ख्वाबों में अपना चेहरा नुमाया कर।।-३

तेरे दिन के ही ख्वाबों से, अपने दिल को समझा लेंगे।
बस मेरे ख्वाबों में आकर, आँख में ही बस जाया कर।।-४

अगर ख्वाबों में ना आयी तो फिर मिलने आ जाएंगे।
बाद में तुम ये मत कहना, मुझे ना रुसवा किया कर।।-५

तेरी अदाओं ने मारा है मुझको

तेरी अदाओं ने मारा है मुझको।
हारा हूँ खुद से ही दिल देके तुझको।।1-1

तेरा क़सूर और सजा दे तू मुझको।
काहे सितम ये, बता दे तू मुझको।।1-2

नींदें गयीं, चैन भी खो गया है।
किसकी सजा दे रहा है तू मुझको।।1-3

कोई डगर ना दिखाई दे मुझको।
मैं क्या करूँ अब बता दे तू मुझको।।1-4

अब तो ये लगता कि जां ही जाएगी।
तू मान जा अब सजा दे न मुझको।।1-5

माना कि मुझसे हुई है खता पर।
कितनी सजा, अब बचा ले तू मुझको।।1-6

तेरी आँखों के मयखाने

तेरी आँखों के मयखाने, होश में ला सकते हैं।
तेरे भीगे होंठ, दिल की प्यास बुझा सकते हैं।।-१

क्या रखा इस तन्हाई में, साथी मुझे बना ले।
तेरे मीठे-मीठे बोल, मेरा नसीब बना सकते हैं।।-२

तेरे दिल में मिल जाए गर थोड़ी सी भी जगह।
मेरे टूट रहे सब सपने, फिर सच हो सकते हैं।।-३

मैं तो तेरे प्यार का मारा, बुला ले अपने पास।
तेरी सांसों के सरगम, नयी धुन बना सकते हैं।।-४

मैं क्या बोलूं तू ही समझ ले, मेरे दिल का हाल।
दे दे तेरे प्यार की ताक़त, कुछ भी कर सकते हैं।।-५

तेरी याद चाहत बन गयी

तेरी याद चाहत बन गयी, बताओ क्या करें।
दिल पर नहीं है काबू हमें, अब यार क्या करें।।-१

कभी-कभी जो आती थी, जरूरत बन गयी।
हालात हो गए बेकाबू, जज्बात का क्या करें।।-२

कोशिश तो बहुत की थी, तुम्हें याद ना करें।
तू चाहत बन दिल में बसी, दिल का क्या करें।।-३

याद तो आती-जाती है, भूल भी जाते शायद।
चाहत तो जाती ही नहीं, अब इसका क्या करें।।-४

कई सयाने कहते हैं, चाहत में रब बसता है।
फिर तो रब की मर्ज़ी है, हम बन्दे क्या करें।।-५

प्यार हमीं से करना

मैंने तो बोला था तुमसे, प्यार हमीं से करना।
और भरोसा दुनिया में, सबका तुम मत करना।।-१

तेरे भोलेपन के लुटेरे, पग-पग पर हैं हमदम।
मना किया था मैंने कि विश्वास न इनका करना।।-२

देख लिया ना तुमने, हैं मतलब के सब साथी।
इनके चक्कर में आकर, जीवन दुश्वार न करना।।-३

इन्हीं लुटेरों के चक्कर में, तुमने मुझको छोड़ा।
सबक मिल गया तुमको, गलती फिर से न करना।।-४

इसी बहाने, तेरी आँखों के भी पट खुलने थे शायद।
जो भी हुआ भुला दो, बिलकुल अफ़सोस न करना।-५

मेरे साथ रहोगे जानम तो हरदम सुख पाओगे।
आ जाओ बस दिल खोले हैं, तुम संकोच न करना।।-६

उनका इंतज़ार करने दे

वे लौट के आते होंगे री सखि, उनका इंतज़ार करने दे।
उनको देख थकन मिटती है, दरवाजे पर ही रहने दे।।-१

बीता सावन छूट गया था, अबकी सावन का है वादा।
सूख के आधी हो गयी हूँ मैं, मुझको थोड़ा जी लेने दे।।-२

पिया मिलन के इंतज़ार में सुध-बुध अपनी खोयी है।
उनको देख प्राण लौटेंगे, मुझको अमृत रस पीने दे।।-३

घर आकर वे फंस जाएंगे, रात में आएं या ना आएं।
उनके बिना बावरी हूँ मैं, उनको अंक लगा लेने दे।।-४

मुझको डर है, ये सावन भी बीत न जाए खाली।
वे आएं या ना आएं, अभी ख्यालों में खुश होने दे।।-५

प्यार कोई और पाया

जख्म मेरे हिस्से आए प्यार कोई और पाया।
आँसू मैंने बहाए पर ऐतबार कोई और पाया।।-१

चाहा मैंने तुझको, इकरार कोई और पाया।
वक्त मेरा बर्बाद हुआ, दीदार कोई और पाया।।-२

जो मूरत मुझे मिलनी थी, किसी और को मिली।
पूजना मुझे था, बंदगी का हक़ कोई और पाया।।-३

कांटे मैंने निकाले, पुरस्कार कोई और पाया।
दुःख मैंने उठाए, जश्ने बहार कोई और पाया।।-४

दिल मेरा टूटा, दिल का करार कोई और पाया।
बदनाम मैं हुआ, कूंचा ए यार कोई और पाया।।-५

हम दोनों अनजाने, फिर भी दिल ना माने

हम दोनों अनजाने, फिर भी दिल ना माने।
आँखों-आँखों में ही देखो छलक रहे पैमाने।।-१

तुझको अपना मान लिया है, तेरा तू ही जाने।
तेरी फोटो रख के सोयेंगे, अपने सिरहाने।।-२

मेरा क्या अब होगा हाल, ऊपर वाला जाने।
मैं तो प्रेम रोगी तेरा, आ जा किसी बहाने।।-३

तेरी गली में आएँगे हम, खोज के नए बहाने।
तुझसे मिलना हो ना हो, ये ऊपर वाला जाने।।-४

प्रेम में जीवन भी जाता है, कह गए कई सयाने।
शायद तुम्हें लगानी होगी, मेरी लाश ठिकाने।।-५

मुझको बहुत सी बातें आज है तुमसे करनी

मुझको बहुत सी बातें, आज है तुमसे करनी।
कुछ अपनी है कहनी, कुछ तुमसे है सुननी।।-१

अभी तो तुम धीरज धरो, बात सुनो बस मेरी।
वादों की इस दुनियां में, सतर्कता है बरतनी।।-२

पहले मुझे तसल्ली दे दो, मेरे बनके रहोगे तुम।
फिर मैं तेरी हो जाऊँगी और बनूँगी तेरी घरनी।।-३

पहले ये दिखलाओ कि तुम मेरे प्रेम के काबिल।
मेरे दिल के संशय जो हैं, वे भी दूर है करनी।।-४

तब दिल की बातें हम तुमसे खुल करके बतलायेंगे।
कोई जल्दी नहीं है मुझको, सही राह है पकड़नी।।-५

मैंने सुना बड़े धोखे हैं, प्यार की राह में मितवा।
इसीलिए तो सोचूं मैं, क्यों कर इस राह गुजरनी।।-६

प्यार में धोखा खा जाएं हम ऐसा कुछ नहीं करना।
यही सोचके साथी मेरे, हर कदम फूंक के रखनी।।-७

कितना फर्क है जाना

हम-दोनों की मुलाक़ात में कितना फर्क है जाना।
हम तो हँसके मिलते हैं पर तेरा मंद-मंद मुस्काना।।-१

मुलाक़ात तो होती अपनी, पर दिल में दूरी रहती है।
तेरी बातें दिल को दुखातीं, अब इतना भी सता ना।।-२

कभी तो मेरे सदके में तुम, अपनी जान लुटाते थे।
अब क्या हुआ-बताओ मुझको, कहाँ गया याराना।।-३

तेरी दुनिया तो रौशन है, मुझको है सब पड़ा गंवाना।
बख्श मुझे-जीने दे, छोड़ व्यंग्य के बाण चलाना।।-४

तेरी बातें, तेरा आना लगता है अब मिर्च लगाना।
अपनी दुनिया में ही रह, मुझे छोड़ तू अब मत आना।।-५

मेरे चेहरे पे जब भी छाती है मायूसी

मेरे चेहरे पे जब भी छाती है मायूसी।
उनके मुखड़े पे नूर आ जाता।।-१

मुझे दुखी देखना उनका पुराना शौक है।
मुझसे बेवफाई का जो रिश्ता-नाता।।-२

मेरी बर्बादी की उन्होंने कसम खायी है।
देखना ये कि उनके हाथ क्या आता।।-३

चलो इसी बहाने ही उन्हें खुश होने दो।
उनके खुश हो जाने से मेरा क्या जाता।।-४

हमने गम को भी हथियार बना रखा है।
उनकी खुशी को कंट्रोल करना हमें आता।।-५

चलो बहारों का मौसम अब आ गया

चलो बहारों का मौसम अब आ गया।
प्यार और श्रृंगार का मौसम आ गया।।-१

ताल-तलैया, कुँए-बावड़ी भर जाएँगे।
बारिश और फुहार का मौसम आ गया।।-२

तन-मन में उल्लास का मौसम आ गया।
गीत मिलन के गाने का मौसम आ गया।।-३

बाग़-बगीचों में भी पड़ जाएँगे झूले।
बेटी-बहन बुलाने का मौसम आ गया।।-४

पपीहा तान सुनाएगा मेंढक भी टर्राएगा।
कजरी और मल्हार का मौसम आ गया।।-५

माहताब

चाँदनी रात में चाँद देखने लगे हटाके वो हिज़ाब।
मंज़र ऐसा, ज्यों ज़मीं पर भी उतरा हो माहताब।।-१

दोनों में मुक़ाबला, कौन है बीस-कौन है इक्कीस।
वे एक-दूसरे को देखें, और हैं दोनों लाज़वाब।।-२

माहौल यूँ खुशनुमा, ज्यों रूह में आ गया हो बाग़।
चारो तरफ है सुगंध, ज्यों महक रहा हो गुलाब।।-३

दो-दो चाँद देख कर तुम कहाँ खो गए हो यार।
हक़ीक़त का दीदार करो, इसे न समझो ख्वाब।।-४

जल्दी करो आसमानी चाँद शरमा के छिप न जाए।
अगर छिप गया, फिर ये नज़ारा हो न हो जनाब।।-५

आसमां का चाँद तो तुमने बहुत देखा होगा यार।
हिज़ाब से आज़ाद चाँद का, कहाँ है बोलो जवाब।।-६

आईने बहुत देखे

आईने बहुत देखे पर आपके रुख जैसा नहीं।
समंदर भी देखे पर तेरी आँखों जैसा नहीं।।-१

गुलाब खूब देखे पर आपके होठों जैसा नहीं।
शबाब बहुत देखे मगर आपके जैसा नहीं।।-२

आप आ जाए तो वीराने में आती है बहार।
बादल देखे हैं मगर आपके बालों जैसा नहीं।।-३

ये माहताब अकेला नहीं है इन रातों का नूर।
हिज़ाब हटे तो चाँद भी आपके जैसा नहीं।।-४

हुस्न भी लजाता है आपके सामने आकर।
कशिश बहुत देखा मगर आपके जैसा नहीं।।-५

यूँ ही नहीं बने हैं आपके दीवाने ढेर सारे।
अपना जवाब आप हैं, कोई आप जैसा नहीं।।-६

हो सके तो इस वक्त को रोक दे मेरे मौला।
वक्त तो बहुत आए मगर अबके जैसा नहीं।।-७

ऐसे तो मेरी जान ही निकल जाती है

तू इस तरह तो मत देखा कर जालिम।
ऐसे तो मेरी जान ही निकल जाती है।।-१

तू रुख से पर्दा भी धीरे-धीरे ही उठाया कर।
झम से बिजली सी चमक जाती है।।-२

तू तिरछी नज़र से ही घायल कर देती है।
क्या मिलता है, ऐसा क्यों करती है।।-३

अब तो रोक ले तू अपनी नज़रो के तीर।
औरों पर नहीं, मुझी पे क्यूँ चलाती है।।-४

आती है तो हिज़ाब में रहा कर जानेमन।
कुछ जीने दे, सीधे क्यों निपटाती है।।-५

जलाना ही है तो दुश्मनों का दिल जला।
तू आशिक़ का दिल क्यों जलाती है।।-६

मैं तो बदनाम हो गया, तेरी इस अदा से।
मुझे ज़माने की निगाहें, बहुत डराती हैं।।-७

लोग तेरे बारे में जाने क्या-क्या बातें करते हैं

लोग तेरे बारे में जाने क्या-क्या बातें करते हैं।
सितम ये कि उसमें मेरा नाम भी लिया करते हैं।।-१

पता नहीं तेरा कुछ बिगड़ता भी है या नहीं।
पर मुझे तो वे बेवजह बदनाम किया करते हैं।।-२

बुरा किया जो तेरी एक आवाज़ पे दौड़ गया।
वे इसी जरा सी बात पे हो हल्ला किया करते हैं।।-३

कभी पूछा है तुमने ज़माने से इसका सबब।
या तुम्हें अच्छा लगता है, जो लोग कहा करते हैं।।-४

ये तो गुनाह बिना लज़्ज़त की बात हो गयी।
तो चल गुनाह हुआ तो लज़्ज़त भी पैदा करते हैं।।-५

तेरा भी मन है, उनकी भी बात सच होगी।
चल अब वही करते हैं, आ हम प्यार करते हैं।।-६

इश्क़ दिलों का सौदा, बेदाम नहीं

इश्क़ दिलों का सौदा बेदाम नहीं।
पर हैसियत का यहाँ कोई काम नहीं।।१-१

दिल के बदले दिल ही देते हैं।
पैसे का यहाँ कोई इंतज़ाम नहीं।।१-२

जिसने तिज़ारत की है इसकी।
उसका किताबों में कहीं नाम नहीं।।१-३

प्रेमी के लिए जान दी जिसने।
इतिहास में वो हुआ गुमनाम नहीं।।१-४

प्यार के बदले प्यार ही मिले।
नफ़रत का कभी कोई पैगाम नहीं।।१-५

राधा-मीरा को कौन भूलेगा भला।
प्रेम का अर्थ दिया और बेनाम नहीं।।१-६

अब नहीं होती

अब तो मुझे बख़्श ही दे ज़ालिम।
तेरी ये चापलूसी मुझसे, अब नहीं होती।।-१

बहुत दबाया है मैंने अपना ज़मीर।
तेरी झूठी तारीफ मुझसे, अब नहीं होती।।-२

वो तेरी चाहत ने किया था मज़बूर।
पर तेरी बदगुमानी सहन, अब नहीं होती।।-३

इश्क़ की कश्ती डूबती है तो डूब जाए।
पर तेरी मगरूरियत सहन, अब नहीं होती।।-४

आखरी दम तक साथ का वादा था।
और ये तेरी बेवफाई सहन, अब नहीं होती।।-५

मेरा दिल तो मुझे वापस ही कर दे।
तेरी हुक्मरानी मुझसे सहन, अब नहीं होती।।-६

कसम लेता हूँ, कभी मिलने न आऊँगा।
ये दिल की तिज़ारत सहन, अब नहीं होती।।-७

वीणा वादिनी

वीणा वादिनी हमको ज्ञान का वर दे,

अज्ञान हमको न घेरे ऐसा तू कर दे,

सच है कि जो भी है तुमने ही दिया है,

अब उम्रभर साथ दे बुद्धि ऐसी भर दे।

वीणा वादिनी हमको ज्ञान का वर दे

कुबुद्धि और अज्ञान ने डाला है डेरा,

कुचक्र-कुरीति का लग रहा है फेरा,

मुझ पर दया कर तू पाप से बचा ले,

मेरे अन्तःमन को आलोकित कर दे।

वीणा वादिनी हमको ज्ञान का वर दे

नौनिहाल और युवा दोनों हैं भटक रहे,

इनको तू ज्ञान दे सही राह कर दे,

धर्म के ठेकेदार सब कुधर्म में हैं लीन,

कोई नहीं खेवनहार नैया पार कर दे।

वीणा वादिनी हमको ज्ञान का वर दे

सास-बहू लड़तीं आपस में बिना बात,

इनको सुधार कर माँ-बेटी कर दे,

रिश्तों की कीमत तू इनको बता दे,

अब न लड़े कोई ज्ञान सबमें भर दे।

वीणा वादिनी हमको ज्ञान का वर दे

प्रभु के नाम का रस पी

पीना है तो प्रभु के नाम का रस पी,
उसकी कृपा से उसी का हो जाएगा,
गागर भरना है तो सागर से भर,
इस दुनिया में तेरा नाम हो जाएगा।
पीना है तो प्रभु के नाम का रस पी

डूबना है तो प्रभु की भक्ति में डूब,
तू भवसागर से पार हो जाएगा,
जीना ही है तो औरों के लिए भी जी,
धरती पर आना सफल हो जाएगा।
पीना है तो प्रभु के नाम का रस पी

किसी गरीब को मत सताना,
उसकी आह से परेशान हो जाएगा,
कहीं जुल्म हो रहा हो तो रोक,
जो तेरा नहीं है वो अपना हो जाएगा।
पीना है तो प्रभु के नाम का रस पी

जीवन का क्या है ये अस्थायी है,
आज आया है कल चला भी जाएगा,
तू जीवन में खुशियों के रंग भर,
कोई और भी खुशहाल हो जाएगा।
पीना है तो प्रभु के नाम का रस पी

अपनी इच्छाओं को काबू में रख,
तू उनकी आपाधापी में फंस जाएगा,
थोड़े में ही सब्र करना भी सीख,
संतोष धन से धनवान हो जाएगा।
पीना है तो प्रभु के नाम का रस पी

जिंदाबाद

यार, इबादत, प्यार जिंदाबाद,

खुशियों के पल चार जिंदाबाद,

क्या रखा है बेमतलब की बातों में,

सबका घर संसार जिंदाबाद।

यार, इबादत, प्यार जिंदाबाद

मैंने सब कुछ छोड़ दिया है उसके हाथ,

अब मेरा करतार जिंदाबाद,

सभी मर्ज़ की एक दवा है वो,

मेरा सच्चा यार जिंदाबाद।

यार, इबादत, प्यार जिंदाबाद

नहीं देखना तेरी कोई कमजोरी,

तेरा बढ़िया काम जिंदाबाद,

क्या करना है तेरे जितनी दौलत,

मेरा वो भरतार जिंदाबाद।

यार, इबादत, प्यार जिंदाबाद

छीना झपटी की बातों में क्यों उलझे,

जो भी मेरे पास जिंदाबाद,

जब वो देगा तब ले लेंगें, कोई नहीं है जल्दी,

उस पर है विश्वास जिंदाबाद।

यार, इबादत, प्यार जिंदाबाद

धीरे-धीरे खर्च हो रहा अपना जीवन

धीरे-धीरे खर्च हो रहा, अपना जीवन,

हमको-तुमको लागे कि अभी है यौवन,

क्यों धोखे में हो तुम कि ये है मधुबन,

गयी जवानी, आया तेरा वय पचपन।

धीरे-धीरे खर्च हो रहा, अपना जीवन

इक दिन सांस उठा करके चल देना है,

खिलंदड़ी का समय गया अब जाना है,

ये जीवन तो उसका खिलौना, माया है,

मिट्टी में मिल जानी है, काया कंचन।

धीरे-धीरे खर्च हो रहा, अपना जीवन

जीवन की आपाधापी से उबरो तुम,

माया-मोह को छोड़ करो सत्कर्म तुम,

कर्ता के ही चरणों में बस जाओ तुम,

देख बुलावा आ जाएगा किसी भी क्षण।

धीरे-धीरे खर्च हो रहा, अपना जीवन

मंदिर में जाने से अच्छी मन की माला,

करो प्रयास निकल जाएगी तन की ज्वाला,

पी लो अब प्रभु चरणों की अमृत हाला,

जीवन अपना कर दो तुम प्रभु को अर्पण।

धीरे-धीरे खर्च हो रहा, अपना जीवन

आना-जाना बहुत हुआ, अब ठहरो तुम,

ईश्वर के उस गाँव में एक घर ले लो तुम,

चैन भी लो जा करके उस स्वर्गाश्रय तुम,

आवागमन को छोड़ो, अब कर दो समर्पण।

धीरे-धीरे खर्च हो रहा, अपना जीवन

कष्ट में भी मुस्कुराना सीख लो

कष्ट में भी मुस्कुराना सीख लो,

हार कर भी जीत जाना सीख लो,

जिंदगी के हर अँधेरे मोड़ पर,

दीप खुशियों के जलाना सीख लो।

कष्ट में भी मुस्कुराना सीख लो

वक्त का तो काम है आना व जाना,

इसको तुम अपना बनाना सीख लो,

क्या करेगा ये ज़माना, मत डरो,

प्यार को आगे बढ़ाना सीख लो।

कष्ट में भी मुस्कुराना सीख लो

तुम अभी सच्चाई से पीछे न हटना,

झूठ को दुश्मन बनाना सीख लो,

बेबसों के साथ रहना, मदद करना,

उनके आँसू पोछना भी सीख लो।

कष्ट में भी मुस्कुराना सीख लो

बहुत जल्दी हारना तो है पलायन,

अपनी हिम्मत को बढ़ाना सीख लो,

जो कहे तुमको गलत बस याद रखो,

ऐसे लोगों को झुकाना सीख लो।

कष्ट में भी मुस्कुराना सीख लो

शेर भी पीछे है जाता, जाओ तुम,

अपनी ताक़त को जुटाना सीख लो,

ठोकरें भी हैं सिखातीं कुछ सबक,

उनको भी ठोकर लगाना सीख लो।

कष्ट में भी मुस्कुराना सीख लो

अहंकार इक बला है

अहंकार इक बला है, उससे बचके रहो,
सामने वाले का भी सोचो, मिलके रहो,
तुम्हारा एक कदम पीछे हटना, कहीं,
खुशी हो सकता है, पीछे हटके रहो।
अहंकार इक बला है, उससे बचके रहा

अहंकार ने कइयों का बिगाड़ा है खेल,
कौरव की तरह नहीं, पांडव बनके रहो,
धरा पर अच्छे लोगों की बहुत है कमी,
शकुनि जैसे नहीं, बासुदेव बनके रहो।
अहंकार इक बला है, उससे बचके रहा

रावण को भी अहंकार ने ही मार डाला,
राक्षस क्यों बनो, मानव ही बनके रहो,
बाली में भी बहुत कमी तो थी नहीं,
अहंकार ने मारा, सुग्रीव बनके रहो।
अहंकार इक बला है, उससे बचके रहा

अहंकार में ही गया नन्द वंश का राज,
महापद्म नन्द नहीं, चन्द्रगुप्त बनके रहो,
ईश्वर परीक्षा लेते है भलमनसाहत का,
फेल क्यों होते हो तुम, भले बनके रहो।
अहंकार इक बला है, उससे बचके रहा

सब हैं उनके ध्यान में

वो जो बैठे हैं ना दरबार लगाए आसमान में,
कोई माने न माने, सब हैं उनके ध्यान में,
उनके काम का अंदाज़ तो है बिल्कुल जुदा,
अभी समझ रहे वे, क्या चल रहा जहान में।

वो जो बैठे हैं ना दरबार लगाए आसमान में

जल्दी का काम शैतान का होता है-समझो,
शैतान को मत खोजो खुदा और भगवान में,
वहां तुम्हारे हर काम का हिसाब होना तय है,
उससे ज्यादा ताक़त नहीं किसी पहलवान में।

वो जो बैठे हैं ना दरबार लगाए आसमान में

उसे अपने तरीके से काम करने दो-काम होगा,
मत दखल दो कभी, उसके काम और शान में,
सब कुछ तुम्हारी नियति और समय पर निर्भर,
तुम्हारी प्रगति-दुर्गति छिपी, तुम्हारे गुमान में।

वो जो बैठे हैं ना दरबार लगाए आसमान में

ये मत समझो वो कुछ कर नहीं रहा, बस चुप है,
अभी वो अपनी तलवार डाल के बैठा है म्यान में,
वक्त आएगा, जब सबकी झोली भर जाएगी,
उन पर विश्वास करो और चुप बैठो इत्मिनान में।

वो जो बैठे हैं ना दरबार लगाए आसमान में

अल्ला कहो या राम

बड़े अनोखे उसके काम, अल्ला कहो या राम।
भेदभाव वो करता ना, याद करो बस सुबहो-शाम।।-१

जीवन उसकी देन है, वही तुम्हारा कृपानिधान।
वो चाहे तो दूर करे, पल में तेरे कष्ट तमाम।।-२

पत्ता भी हिलता नहीं, उसकी मर्जी यदि ना हो।
उसकी भौंहें तनी तो, क्षण में होगा काम-तमाम।।-३

नास्तिक हो, नहीं मानते तब भी कोई बात नहीं।
आस्तिक होकर भूले गर, अच्छा नहीं ये काम।।-४

तुम मानो या न मानो, उसको कोई फर्क नहीं।
तुमको वो मिल ही जाएगा, लिखा जो तेरे नाम।।-५

वो बस चाहे तेरी श्रद्धा, उसे याद करो दिल से।
सुमिरन करो न भटको तुम, त्यागो ताम-झाम।।-६

सब्र करो-रखो विश्वास, सभी लोग उसके दिल में।
उससे छिपा नहीं है कोई, चाहे कितना हो गुमनाम।।-७

बनता काम बिगड़ जाए यदि उसकी कृपा न होय।
अंतिम सत्य यही है, पी लो उसके नाम का जाम।।-८

कान्हा भी तू देख ले

कान्हा भी तू देख ले, इस दुनिया का हाल।
दुश्मन की क्या बात करें अपने बने हैं काल।।-१

दुर्योधन और शकुनि तो थे दिखने वाले शत्रु।
पर दिल के काले लोगों का कैसे रुके बवाल।।-२

कॉमन मैन तो पिस रहा अपने ही जंजाल।
उसका बेड़ा पार करो, काटो भगवन जाल।।-३

कितनी द्रौपदियाँ फंसीं, दुश्सासनो के जाल।
ऐसे लोगों से हैं कलंकित, भारत माँ का भाल।।-४

चोरी और छिनैती से, भरी हैं काली तिजोरी।
कुछ भी करके वापस करना, सबका लूटा माल।।-५

चारों तरफ है हाहाकार, खुदगर्जों का जोर।
आओ इनकी चालों का, काटो तुम संजाल।।-६

आओगे तो जादू करना, कर देना सब ठीक।
देख तेरी इस दुनिया में हैं अच्छे लोग बेहाल।।-७

हे दुर्गा माई

हे दुर्गा माई, हमरो के दे दीं असिसवा-धरती पर आई।
जैसे भरलू मलिनिया के अंचरा, हमरो भी असरा माई।।-१

बिन तोहरे किरपा, इ दुनिया चले नाहीं, ए दुर्गा माई।
नवरातर में आके ए मइया, करि द किरपवा माई।।-२

महिसासुर के तूँ ही त मरलू, जाने सब लोगवा ए माई।
सगरे जगत बा तोहरे ही परजा, दुखवा सुन मोर माई।।-३

सुम्भ-निसुम्भ के मारि के कई दिहलू जग से जैसे बिदाई।
वइसे नवरातर में आके हे मइया दुखवा दरिदर भगाई।।-४

हमरो पर करि द किरिपवा ए माई गोड़वा पड़िला माई।
तोहरे असरवा हम बानी ए मइया, दरसन दे द तू आई।।-५

रहिआ तोहर हम देखत बानी, असरा मोर टूटे ना माई।
तोहरे मंदिरवा में माथा धरि ला भोरे ही जाके हम धाई।।-६

महिमा तोहार हम केतना बताई, कहवाँ ले गाके सुनाई।
आके दरसन दे द मोरी मैया, गोड़वा गइल बा पिराई।।-७

तिरकुट परबत, देवतन की भूमि में रऊरा डेरा लगाईं।
पूर्णागिरि-मैहर-विंध्याचल-कमक्षा में रहेलु तू जाई।।-८

बावन जगहिया बा तोहरे असनवा, कहवाँ-कहवाँ बताई।
जइसे असिसवा भगतन के दिहलू हमहू के द तू माई।।-६

तोहरा भगतवा बा संकट में मैया, सेरवा पर चढ़ि के आईं।
हमरो अरजिआ अब सुनिल हो माई किरपा कर तू आई।।-१०

तेरे दिल के दरवाजे पर

तेरे दिल के दरवाजे पर गुस्सा पहरेदार,

मैं जाकर के कहाँ रहूँ, बोलो तुम सरकार,

बोलो तुम सरकार, इश्क़ करे कहाँ बसेरा,

मेरी डूबती नैया बोलो, कैसे होगी पार।

तेरे दिल के दरवाजे पर गुस्सा पहरेदार

मैं क्या करूँ बताओ मुझको ऐ मेरे हमदम,

इन आँखों ने लूटा मुझको कहाँ करूँ गुहार,

प्यास नहीं बुझती है मेरी, सांसें भी बेज़ार,

तेरे शबनम से होठों की अब मुझको दरकार।

तेरे दिल के दरवाजे पर गुस्सा पहरेदार

क्यों आयी है बेरुखी, दे दे मुझको प्यार,

मैं तो प्रेम पुजारी हूँ, कर दे तू उद्धार,

मैं तेरा हूँ तू मेरी है, कर ले ये स्वीकार,

ये जीवन है चार दिनों का, काहे की तक़रार।

तेरे दिल के दरवाजे पर गुस्सा पहरेदार

क्या पाओगी मुझे सता के, तू है तारणहार,

मैं जो गया नहीं आऊंगा, सुन लो मेरे प्यार,

मैंने कहा मान भी जाओ, क्यों रूठा है यार,

मेरे जीवन की नैया की बन जाओ पतवार।

तेरे दिल के दरवाजे पर गुस्सा पहरेदार

मैन बड़ा बेचैन

मी टू के दौर में मैन बड़ा बेचैन,

ऑफिस में चल रहे चर्चे दिन-रैन,

निकल रहे सबके पहले के किस्से,

सोच-सोच साहेब भी हो रहे हलकैन।

मी टू के दौर में मैन बड़ा बेचैन

रोज़-रोज नया किस्सा आता है,

महिलाएं घूम रहीं लेकर ललटैन,

सोच रहा क्यों लड़ाया रज़िया से नैन,

चिंता की आग में जल रहा सकलैन।

मी टू के दौर में मैन बड़ा बेचैन

किस-किस की बात करें सबको है चिंता,

मर्दों की मस्ती पर लग गया बैन,

क्या पता कब लगे किस पर आरोप,

मीडिया चिल्ला रहा, खो गया चैन।

मी टू के दौर में मैन बड़ा बेचैन

क्या पता था खुल जाएगी उनकी भी पोल,

इज़्ज़त भी जाएगी होगा भूडोल,

साँसे भी अटकी है मन है बेचैन,

छिन गयी रातों की नींद, दिन का चैन।

मी टू के दौर में मैन बड़ा बेचैन

गया घुमाने बीवी को

गया घुमाने बीवी को मेट्रो नयी थी आई,

मेट्रो में ही मिल गए उसके मामा-भाई,

बोली मुझसे दूर हो सट मत जाना आई,

भाई से परिचय में, पड़ोसी दिया बताई।

गया घुमाने बीवी को मेट्रो नयी थी आई

पत्नी को चिंता नहीं मुझसे पटेगी कोइ,

उसको तो बस खुशी है उम्र घटेगी सोइ,

बोली कि तुम बाल रंगा लो चिंता कोई नाइ,

सामने आकर कोई देखे जबड़े फाड़ूं जाई।

गया घुमाने बीवी को मेट्रो नयी थी आई

परसों पत्नी ने कहा बाल करो तुम डाई,

वर्ना मेरी अब तुमसे नहीं निभेगी भाई,

नहीं निभेगी भाई, किया तब ऐसा पंगा,

मैं तो बस जाकर गिरा उसके पैरों माहि।

गया घुमाने बीवी को मेट्रो नयी थी आई

मेरे सारे तर्क हो गए उसके आगे फेल,

जाकर फिर मैं तो हुआ शरणम गंगू नाई,

कहने-सुनने को भला, अब क्या बचा है भाई,

मेरा मुँह मत ताकिए, पत्नी पूजो जाइ।

गया घुमाने बीवी को मेट्रो नयी थी आई

आ जाओ मेरी रानी

अब तो इस सावन में, आ जाओ मेरी रानी।
तेरे बिन मुहाल हो गया अपना दाना-पानी।।-१

ऐसा ही करना था जब तो, शादी ही क्यों की थी।
अपने भी घर-बार की सोचो, वो भी तुम्हें बनानी।।-२

थोड़े दिन का गयी बोलकर, काफी दिन हैं बीते।
तेरे बिन सावन है फीका, आ जा तू चेहरा नूरानी।।-३

बहुत कर लिया सेवा तुमने, अब मेरा भी सोचो।
मेरा भी कुछ तुम पर हक़ है, मेरी दिलवर जानी।।-४

मेरी अम्माजी भी बूढ़ी, उनका भी कुछ सोचो।
नैहर के चक्कर में तुम तो हो गयी हो दीवानी।।-५

बच्चे भी हैं तंग हो गए, रुखा-सूखा खाकर।
चाहो तो लेकर के आओ, बच्चों की तुम नानी।।-६

तेरी किस्मत में ऐ जानम

तेरी किस्मत में ऐ जानम शायद मैं नहीं।
इसलिए तेरी सूची में, मेरा नाम नहीं।।-१

अभी तो तेरी लिस्ट में बड़े-बड़ों का नाम।
और तेरी वेटिंग लिस्ट में आना मुझे नहीं।।-२

चलो ये भी अच्छा है कौन बवेला पाले।
मुझको भी है काम बहुत, फुर्सत अभी नहीं।।-३

मुझको तो मालूम, ये चार दिनों की चाँदनी।
मुझे तो टेंशन लेने की बेताबी ही नहीं।।-४

सोचा था तेरी किस्मत के द्वार मैं खोलूँगा।
अफ़सोस तेरी किस्मत को मैं भाया ही नहीं।।-५

खत

उनकी सखी ने लाकर खत मुझको दिया थमाई।
देखके फूटे मन में लड्डू, जस दीवाली हो आई।।-१

ख़त को जो मैंने पढ़ा, भूचाल सा दिल में आया।
उसके शब्दों ने अरमानों की, होली दई जलाई।।-२

मैं भँवरा बनके रह गया, और फूल ले गया कोई।
व्यर्थ हो गयी सारी मेहनत, दिल टूटा मेरा भाई।।-३

नाकाम मोहब्बत हो गयी, लगा न कुछ भी हाथ।
हरजाई ने ऐसा किया, दिया दिल का दर्द बढ़ाई।।-४

पूरा खत तो भूल गया मैं, जेहन में है सांय-सांय।
अंतिम लाइन याद मुझे बस-तू मेरे लायक नाई।।-५

पिघली नहीं वो यार

याद आ गया मुझको फिर, कालेज वाला प्यार।
बड़े मनुहारों के बाद भी, पिघली नहीं वो यार।।-१

रात-रात भर जाग के कल के लिए कुछ सोचना।
कुछ भी काम न आया यारों, पिघली नहीं वो यार।।-२

रोज़ नयी तरकीब लगाकर नए सिरे से जुटते थे।
घेराबंदी सब हुई बेकार, पर पिघली नहीं वो यार।।-३

दिनभर की कोशिश जाया हो, उड़े मेरा मखौल।
बिस्तर में जाके हम रोयें पर पिघली नहीं वो यार।।-४

रिक्शे के आगे-पीछे भी चक्कर खूब लगाया।
सखियों से चिट्ठी भी भेजी, पिघली नहीं वो यार।।-५

धौंस ज़माने के लिए मैंने, बेकृसूर को पीटा था।
मेरे खिलाफ गवाह बन गयी, पिघली नहीं वो यार।।-६

जो था पिटा जाके सटा, उसकी खुल गयी लॉटरी।
ये भी दाँव था उल्टा पड़ा, पर पिघली नहीं वो यार।।-७

एक थी मेरी प्रेमिका

एक थी मेरी प्रेमिका पर उसे चाहने वाले दो-दो।
वो दोनों को ना चाहे पर हम पागल थे रो-रो।।-१

उसने जो अंगड़ाई लेकर बालों को दे दिया था झटका।
दोनों का दिल वहीं पे अटका, घायल थे दोनों।।-२

लड़की को दिल दे करके, थे बेकल हम दोनों।
दोनों आशिक़ वो ही करते, कहती थी वह जो-जो।।-३

क्या बतलाएं क्या न किया, हमने उसकी खातिर।
बप्पा का पैसा फूंका और मिला हमें लो लो।।-४

मैंने सोचा त्याग करूँगा, दिल वापस ले लूंगा।
पर बाला तो किसी और युवा की लैला थी बोलो।।-५

इक दिन भेद खुला जब, बहुत हुई थी किच-किच।
जो ना होना चाहिए बंधु, हुआ सभी वो-वो।।-६

मेरी नेक सलाह है सबको प्यार-व्यार मत करना।
वरना बाला पिटवाएगी, जूते भिगो-भिगो।।-७

देखो देख रही भौजाई

अब सुधर जाओ बड़े भाई, देखो देख रही भौजाई।
ना मानो मेरा क्या जाएगा, तुम्हारी होगी कुटाई।।-१

लोगों को भी मौका मिलेगा, होगी हाथ की सफाई।
भौजी सबको बताएंगी, तुम्हारी होगी जग हंसाई।।-२

दूसरी के लिए पहली को भूले, ठीक नहीं आशनाई।
जो किया-सो किया भूल जाओ, घर आ जाओ भाई।।-३

प्रेमिका के फेर में खूब उड़े, धरती पर आओ भाई।
तुमने खूब मौज उड़ाई, अगस्त से हो गयी जुलाई।।-४

जिम्मेदारी भी समझो, पैसा मत उड़ाओ वहां जाई।
बच्चे सयाने हो गए, तुम्हारा फ़र्ज़ है उनकी पढ़ाई।।-५

माना कि आसान नहीं, पीछा छुड़ाना और भूलना।
पर अब बहुत हुआ, जीवन से कर दो उसकी विदाई।।-६